TONI BRANDÃO

CREINDEUSPAI!

A PROCISSÃO DOS MORTOS-VIVOS

© Editora IBEP, 2016

Edição Célia de Assis e Camila Castro
Revisão Beatriz Hrycylo
Salvine Maciel
Projeto gráfico Departamento de arte IBEP
Ilustração de capa Fido Nesti
Finalização de arte Tomás Troppmair

CIP-BRASIL. CATALOGAÇÃO NA PUBLICAÇÃO
SINDICATO NACIONAL DOS EDITORES DE LIVROS, RJ

B819c

Brandão, Toni
Creindeuspai! A procissão dos mortos-vivos / Toni Brandão. - 1. ed. -
São Paulo : IBEP, 2016.
(Brasil de Arrepiar)

ISBN 978-85-342-4833-4

1. Ficção infantojuvenil brasileira. I. Título. II. Série.

16-31662 CDD: 028.5
CDU-087.5

23/03/2016 24/03/2016

Esta é uma obra de ficção.
Qualquer semelhança
com nomes, lugares ou
acontecimentos reais terá
sido mera coincidência.

1º edição - São Paulo - 2016
Todos os direitos reservados

Av. Alexandre Mackenzie, 619 – Jaguaré
São Paulo – SP – 05322-000 – Brasil – Tel.: (11) 2799-7799
www.editoraibep.com.br editoras@ibep-nacional.com.br
Reimpressão Março 2022, Gráfica Impress

Para os meus queridos Ana Clara e Leonardo e para minha querida irmã Mirtes (a "Didi" de Ana Clara e Leonardo), que me emprestaram seus nomes e sua maneira de ver o mundo.

Ao mesmo tempo luz e mistério...
"Luz e Mistério", Beto Guedes e Caetano Veloso

FUXICO

TUDO BEM QUE o dia está ensolarado, relativamente quente e o céu está pintado com um azul caprichadíssimo e sem nenhuma nuvem – afinal, é começo de inverno. Mas nada disso agrada, emociona ou interessa a Léo. Nesse momento, nem interessa muito a Léo que ele está a poucos dias das férias do meio do ano. O garoto está incomodado. Muito incomodado! O uniforme da escola – que é bastante confortável, diga-se de passagem! – parece apertar seu corpo. O sanduíche de mortadela quente e queijo derretido – que Léo adora! – está difícil de engolir. O barulho dos amigos jogando futebol na quadra do pátio faz a cabeça dele latejar... Mas, mais importante do que tudo isso, é uma sensação estranha no peito de Léo. Não é dor. Parece mais uma coceira. Ou ansiedade. Ou aflição.

– Estado psicopatológico caracterizado pelo medo de estar ou de passar em lugares fechados ou muito pequenos...

Léo nem escuta seu amigo Zé, que está sentado ao lado dele, em uma das muretas do pátio da escola, fazendo palavras cruzadas.

– ... com treze letras...

O silêncio de Léo faz barulho na cabeça de Zé.

– Você tá surdo, Léo?

– Oi?

– Você é bom nisso, cara, me ajuda: estado psicopatológico caracterizado pelo medo de estar ou de passar em lugares fechados ou muito pequenos...

Talvez para tentar se distrair, Léo pega a revista de palavras cruzadas das mãos de Zé e faz grande esforço para se concentrar.

– Deixa eu ver...

Os olhos cinza de Léo derrapam da página cheia de quadradinhos iguais para a fita amarela amarrada em seu pulso direito, onde está escrito *Lembrança de Nosso Senhor do Bonfim*. Fita que está ali desde as férias do começo de ano, quando ele, sua prima e sua tia viajaram para Salvador. Léo sente uma espécie de congelamento percorrer a cabeça. Seus cabelos quase loiros, muito curtos e espetados, se arrepiam.

– Não pode ser.

– Não pode ser o quê, Léo?

Léo tenta disfarçar...

– Nada...

... e empurra os olhos novamente para as palavras cruzadas.

– ... a segunda letra é L, a sexta T e a sétima R.

– Mas pode ser que eu tenha errado alguma.

– Não errou, não, Zé.

Os cabelos de Léo se arrepiam.

– Você tem algum palpite?

Está difícil para Léo se desligar totalmente da fita amarela em seu pulso.

– Claustrofobia... a palavra é claustrofobia.

Por incrível que possa parecer a ele, decifrar uma palavra com um significado tão tenso ajuda Léo a relaxar um pouco. Zé se anima...

— Valeu, cara.
... e tira a revista das mãos de Léo.
— Deixa que eu escrevo... é pra letra ficar igual.
— Tudo bem, Zé.
Assim que Zé recupera a revista, Léo dá um salto da muretinha e cai em pé em frente ao amigo.
— O que foi, Léo?
Impossível Léo responder à pergunta do Zé. Ele não tem a menor ideia do porquê de ter dado aquele pulo, aparentemente sem sentido; como se estivesse atendendo ao chamado de alguém.
— O que foi o quê?
— Você deu um pulo... pulo de quem levou um choque...
Conferindo o sanduíche de mortadela com queijo quase intocado e cada vez mais murcho na sua mão, Léo quer saber:
— Choque?
— ... ou de alguém que vai fazer alguma coisa importante.
É nesse momento que Léo escuta uma guitarra tocando dentro do bolso de sua calça. Tirando o celular do bolso, ele vê, na tela de cristal líquido, o rosto de uma garota de pele tão clara quanto a dele, tranças pretas e olhos grandes da cor de jabuticaba mostrando a língua.
— Minha prima.
A notícia anima Zé. O telefone dá mais um toque em forma de solo de guitarra.
— Aquela gata da Ana Clara?
É um tanto quanto enciumado com a pergunta de Zé que Léo atende a ligação.
— Oi, Ana.
— *Oi, você pode falar?*
— Posso, já estou no intervalo. Fiz a prova rapidinho...

Parece que Ana Clara não está muito interessada nos detalhes da rotina do primo.

– *Pegou meu recado?*

A primeira ideia que ocorre a Léo sobre um recado de Ana Clara é o arrepio que ele sentiu; mas o garoto prefere não arriscar esse palpite.

– Qual recado?

– *No seu celular.*

– Quando eu liguei o celular, não acusou nenhum recado. O que você dizia?

– *Pra você me ligar.*

– Que recado mais sem graça.

Ana Clara não se incomoda nem um pouco com o tom de voz de Léo. Pelo visto, ela tem coisas bem mais importantes com que se incomodar.

– *Você pode ter achado o recado sem graça. O que eu vou dizer agora, tenho certeza que você não vai achar.*

Claro que Léo se anima.

– Fala logo.

– *Tem alguém perto de você?*

Como uma flecha, Léo se afasta de Zé; que estava ficando cada vez mais interessado nos *flashes* de conversa que ele ouvia.

– Que sacanagem, Léo... volta aqui.

– Se liga, Zé.

– *O que foi?*

– Nada, Ana, era o Zé.

– *Aquele fofo tá perto de você?*

– Estava. Não tá mais. Pode falar.

– *Tem certeza?*

– Fala logo, Ana.

E multiplicando por mil a própria empolgação, Ana Clara começa a falar.

– Eu estava vendo no telejornal uma reportagem sobre fuxico... sabe o que é fuxico?
– Fofoca?
– Além de significar fofoca, essa palavra também é um tipo de bordado típico de Minas Gerais... A reportagem era sobre uma feira, uma exposição de bordadeiras de fuxico, em Ouro Preto, uma das cidades históricas de Minas.

Parece que Léo continua não entendendo muito bem aonde a sua prima quer chegar.

– Se liga, Ana. Eu sei muito bem que Ouro Preto é uma cidade histórica de Minas.
– Tá... o que você não sabe é quem eu vi no meio das pessoas que visitavam a feira de fuxico: ELES.

Sentindo novamente o couro cabeludo congelar, Léo quer saber:

– E... e... e... eles quem?
– Exatamente quem você está pensando: os Metálicos!
– ... e agora, Ana?
– Agora, Léo: nós temos que ir até Ouro Preto, antes que seja tarde.

Silêncio absoluto.

– Léo...

Os cabelos de Léo se arrepiam, a boca do garoto seca, seus poros começam a transbordar suor...

– ... tá me ouvindo, Léo?

Mais uma vez os olhos de Léo escorregam para a fitinha amarela de Nosso Senhor do Bonfim amarrada em seu pulso direito.

– Tô perdido.

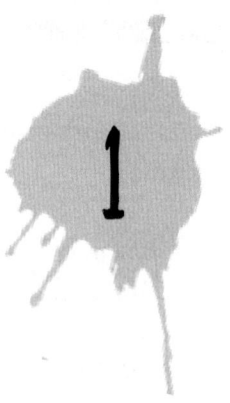

Nonada... tiros que o senhor ouviu, foram de briga de homem, não. Deus esteja.*

Fernão Dias Pais Leme foi um dos primeiros bandeirantes desbravadores que saíram de São Paulo, no século XVII, procurando as pedras preciosas e o ouro que ninguém ainda tinha certeza se existiam nas misteriosas montanhas de Minas Gerais... e como havia ouro e montanhas misteriosas em Minas Gerais!

– Não sei quem é mais maluco...

A rodovia que liga São Paulo a Minas, a BR-318, foi inaugurada três séculos depois da primeira viagem do bandeirante Fernão Dias e recebeu o nome dele.

– ... vocês dois, por terem tido a ideia...

Didi faz esse desabafo com seus sobrinhos Ana Clara e Léo – sobre quem estaria mais maluco... –, enquanto dirige seu carro quase velho pelas curvas perigosas e belas montanhas verdes da rodovia Fernão Dias.

---

* Todas as citações de Guimarães Rosa foram retiradas do livro *Grande Sertão: Veredas*. 20ª ed. Rio de Janeiro: Nova Fronteira, 2005.

— ... ou eu, por ter embarcado nessa viagem com vocês... mas que fique bem claro: desta vez, quem vai pilotar... tomar conta da viagem serei eu, certo?

A maneira como Ana Clara e Léo mostram que concordam com Didi é desinteressada; quase irônica. Léo muda de assunto.

"O senhor ri certas risadas..."

— Que som é esse, Didi?

No aparelho de som do carro, Didi colocou um CD que conta a história do livro *Grande Sertão: Veredas*.

— ... é pra vocês já irem se acostumando com o clima de Minas Gerais.

"Daí vieram me chamar, 'causa de um bezerro'. Um bezerro branco, errozo... os olhos de nem ser, se viu. E com máscara de cachorro..."

— O Guimarães Rosa escrevia assim mesmo, Didi?

— Assim como, Léo?

Fica difícil para Léo explicar o que a prosa de Guimarães Rosa despertou nele...

— ... não sei explicar muito bem...

Ana Clara tenta materializar em palavras a estranheza que também está sentindo.

— Como se o português fosse um quebra-cabeça... em que as palavras aumentam de sentido, dependendo de como são usadas.

— Escrevia, sim, Ana... exatamente assim... e isso fez de Guimarães Rosa um dos maiores escritores do mundo.

Para que Didi, Ana Clara e Léo estivessem, nesse momento, percorrendo os quilômetros que separam São Paulo de Minas Gerais, foi preciso que acontecessem algumas coisas; além, é claro, de Fernão Dias se aventurar pelas montanhas de Minas Gerais e de construírem a rodovia com o nome dele, ligando os dois estados.

Primeiro, Ana Clara teve que convencer Léo de que ela tinha, de fato, visto eles, os Metálicos, aparecerem no telejornal que mostrou a reportagem sobre as bordadeiras de fuxico, em Ouro Preto.

— Eu tenho certeza absoluta, Léo.

— Eu sabia que isso ia acontecer, mais cedo ou mais tarde... eu só não sabia que seria tão cedo.

Léo fez esse comentário durante a tarde daquele mesmo dia, da última semana do mês de junho, quando a prima telefonou para ele com a notícia. Dia que mudaria para sempre o destino dos dois primos, diga-se de passagem.

Não passou despercebido para Ana Clara que Léo lamentou que os Metálicos tivessem aparecido tão cedo, mesmo já fazendo quase seis meses que tudo tinha acontecido.

Tomando todo cuidado no tom que usaria, para que o primo não aceitasse o que ela ia propor, Ana Clara se arriscou, falando como se duvidasse da coragem de Léo.

— Se você quiser, Léo, nós podemos deixar isso pra lá.

Ajeitando mais uma vez a fita amarela de Nosso Senhor do Bonfim em seu pulso, Léo encheu o peito antes de responder.

— Se liga, Ana. Esses caras são perigosos... e boa coisa os Metálicos não devem estar tramando.

Aliviada, Ana Clara conferiu a fitinha verde de Nosso Senhor do Bonfim, amarrada em seu pulso esquerdo, repetiu parte do que Léo falou concordando com ele, sem esquecer de reforçar o apelido "os Metálicos" mostrando que se trata, de fato, de uma dupla muito perigosa.

— ... boa coisa eles não devem estar tramando...

Antes de concluir, Ana Clara arregala um pouco mais os olhos grandes e sorri.

— ... eu sabia que podia contar com você.

— Por onde a gente começa?

A primeira coisa que os primos fizeram foi contar para Didi, tia deles, o que Ana Clara tinha visto na TV. Didi ficou mais assustada do que empolgada.

— Justo em Ouro Preto...

Foi a própria Didi quem se corrigiu.

— ... pensando bem, só podia ser mesmo em Ouro Preto... sinal de que eles têm alguma lógica... Temos que ir até lá.

— Tem certeza, Didi?

Mais empolgada do que assustada, Didi respondeu à pergunta de Ana Clara:

— Eu acho que só assim, indo até os tais Metálicos, é que eu vou voltar a ter sossego.

— Eu também.

— Eu também.

É curiosa a força que as coisas parecem ter quando elas precisam acontecer.

Os pais de Ana Clara e Léo não colocaram a menor resistência para que os filhos viajassem com a tia. Didi é historiadora – doutora em História! – e disse aos irmãos que precisaria ir a Belo Horizonte fazer uma pesquisa no Museu de História Natural da Universidade Federal de Minas Gerais.

— ... uma pesquisa sobre os índios TUTU... é nesse museu que fica o maior acervo de peças encontradas em escavações sobre a cultura deles...

Com a maior naturalidade, como se fosse mesmo fazer uma pesquisa, Didi disse aos irmãos que, se desse tempo, acrescentaria à viagem uma visita a Ouro Preto...

— Ouro Preto fica perto de Belo Horizonte. Será uma boa chance para Ana Clara e Léo conhecerem uma das mais lindas e importantes cidades históricas do Brasil... mas só se der tempo, claro.

Didi marcou a viagem para Minas Gerais na primeira semana do mês de julho, quando Léo e Ana Clara estariam de férias. Viagem acertada, pé na estrada.

"... mesmo que por defeito como nasceu, arrebitado de beiços, esse figurava rindo feito pessoa. Cara de gente, cara de cão. Determinaram: era o demo."

Ana Clara está empolgada com a viagem que começou há poucas horas.

– A estrada é linda, Didi.

Léo, nem tanto.

– ... mas está cheia de obras.

Na verdade, Léo está tão empolgado quanto Ana Clara com a viagem. O atual mau humor do garoto é porque, pelo sorteio que os dois primos fizeram, coube a ele ir no banco de trás durante as primeiras três horas da viagem. Ele tenta fazer o tempo passar mais depressa fazendo palavras cruzadas, mas está difícil.

"Povo prascóvio! Mataram. Dono dele, nem sei quem for. O senhor ri certas risadas... O senhor tolere... isso é o sertão."

– Daqui a pouco eu vou poder ver melhor a paisagem.

Sem entender muito bem o comentário do primo, Ana Clara vira o pescoço para trás, para falar com ele.

– Por que daqui a pouco?

– Se liga, Ana. Falta só uma hora e meia pra gente mudar de lugar.

– Se liga, você. Faltam duas horas e meia.

– Eu não tenho culpa se nós paramos quase uma hora pra almoçar.

– Nem eu.

– Querem parar, vocês dois?

– É o Léo.

– É a Ana.
– Vocês não querem que eu me arrependa de ter mentido para os meus irmãos, querem?

Se os pais de Ana Clara e Léo tivessem pensado um pouco mais no que ouviram de Didi, poderiam ter achado estranho o motivo da viagem. O trabalho de Didi não tem nada a ver com os índios da tribo TUTU, ou com índios de maneira geral.

As viagens que Didi faz pelos quatro cantos do Brasil são, na verdade, para pesquisar os hábitos dos povos negros que vieram escravizados da África para o Brasil.

– Quem sabe a gente não consegue ir visitar o museu, Didi? Eu li que o governo vai editar livros na língua dos índios TUTU e...

Quanto mais Ana Clara se empolga com os índios e com a possibilidade de eles terem livros, mais Didi e Léo materializam a sua surpresa arregalando os olhos.

– ... eu disse alguma besteira?

Claro que sim, pelo menos do ponto de vista imediato. Ana Clara sabe tão bem quanto Léo e Didi que aquela não é uma viagem de passeio...

– Exagerei na empolgação?

Didi acha graça... mas logo depois ela fica quase triste.

– Quem dera, Ana, estivéssemos viajando para pesquisar os índios... ou para conhecer as cidades históricas de Minas.

A quase tristeza de Didi toma todos os espaços antes ocupados pelo ar dentro do carro. Léo e Ana Clara acabam inalando essa quase tristeza.

– E se...

É o próprio Léo quem se interrompe:

– ... se?

— Nada, não, Didi.

Ana Clara é daquele tipo de garota que não aceita um "Nada, não, Didi" como resposta.

— Começou, agora fala.

Depois de respirar fundo, Léo atende ao pedido da prima...

— ... e se a gente se der mal?

Seria melhor o garoto não ter completado nenhuma frase. O que era quase tristeza evolui para tristeza absoluta... e, depois, evolui para medo... e continuaria evoluindo se o próprio Léo não fosse rápido e unisse o útil ao agradável, materializando mais uma vez o seu desconforto e mudando de assunto ao mesmo tempo.

— Viajar no banco de trás é muito chato.

— Mais chato seria ter ficado em casa.

Pronto! O clima dentro do carro voltou ao normal.

— Não provoque o Léo, Ana.

— Eu não tô provocando; só falando... e ele vai ter muitas horas pra viajar ao seu lado, Didi. Só até Belo Horizonte, a viagem dura mais de oito horas.

— Ainda mais com a Didi no volante.

Didi lança um olhar fulminante para Léo, pelo espelho retrovisor, e tenta acelerar. O carro faz um movimento e um barulho estranhos, como se tivesse engasgado – se fosse possível carros engasgarem.

— Não dá pra eu ir muito depressa, Léo.

— Claro que dá.

— O carro está estranho.

Ana Clara olha para trás e troca um olhar cúmplice – e preocupado! – com Léo.

— Você fez a revisão antes de sair de São Paulo, Didi?

— Fiz, Léo... mas não sei o que está acontecendo.

Os primos trocam mais um olhar cúmplice, ao mesmo tempo que sentem um arrepio levantar os pelos dos braços. Léo volta atrás:

— Então é melhor você dirigir nessa velocidade mesmo.

— No próximo posto que tiver uma oficina, eu paro... espero que tenha algum antes de Belo Horizonte.

Léo confere o mapa no celular, procurando pistas sobre algum posto com oficina; mas acaba dispersando para outro assunto.

— Que animal!

— O que foi, Léo?

— O mapa confirmou a minha teoria: não é preciso chegar a Belo Horizonte pra ir até Ouro Preto.

Agora é Ana Clara quem se irrita.

— Não comece, Léo.

— Eu não tô começando nada, Ana. Tá escrito aqui: um pouco depois do Rio do Cervo, se nós pegarmos a BR-265 até o fim... e entrarmos à direita na MG-442... e seguirmos por ela até BR-356... ufa! Nós vamos chegar a Ouro Preto... e, pelos meus cálculos, umas duas horas antes do que se passarmos em Belo Horizonte.

Dessa vez, é a própria Didi quem se subestima.

— Isso se não fosse eu quem estivesse dirigindo. Com esse monte de BRs e MGs, eu sou capaz de levar dias pra chegar.

— Por que nós não viemos de avião, como fomos pra Salvador?

— Isso, sim, é que é uma pergunta óbvia.

— Se liga, Ana. Por quê, Didi?

— Por uma razão muito simples, Léo: falta de dinheiro. Na nossa ida pra Salvador, o congresso de que eu ia participar pagou a minha passagem e eu usei milhas acumuladas no cartão de crédito para tirar as passagens de vocês de graça. Dessa vez, eu estou sem milhas e não tem congresso nenhum bancando a nossa aventura... ou seria melhor dizer desventura?

Dentro do carro fica um silêncio absoluto e enigmático... que dura alguns eternos segundos... até que o celular de Didi, que está sobre o banco da frente, entre ela e Ana Clara, começa a tocar uma melodia digital que lembra um samba.

– Você não vai atender, Didi?
– Atende pra mim, Ana, por favor.

Conferindo o visor do celular da tia, Ana Clara faz uma careta.

– Não conheço o número... mas termina com um monte de zeros.
– Quem será? Coloca no viva-voz, Ana... e abaixa o volume do CD.

Com o telefone insistindo em sambar, Ana Clara conecta a ponta de um fio no aparelho celular. Assim que ela conecta a outra ponta do fio no acendedor do carro, um comando automático aciona a tecla *send* e a ligação é completada. Ana Clara abaixa o volume do CD.

– Alô?
– *Por favor, a senhora Mirtes Mesquita?*

Quando recebe uma ligação, Didi nunca confirma nada sem antes saber de onde estão falando; mesmo que digam o seu nome completo, ou melhor, ainda mais quando dizem o seu nome completo e não a chamam de "doutora" e sim de "senhora".

– De onde falam?
– *Eu trabalho para a operadora do seu cartão de crédito, para sua segurança, a nossa conversa está sendo gravada...*

O clima fica um pouco tenso.

– *... eu estou falando com a senhora Mirtes Mesquita?*

— Está.
— *Eu preciso que a senhora confirme a utilização de seu cartão de crédito.*
— Pois não.
Léo e Ana Clara acompanham a conversa, atentos.
— *A senhora usou seu cartão, há cerca de meia hora, em um posto de gasolina que fica no quilômetro 142 da rodovia Fernão Dias?*
Ainda sem entender muito bem o motivo da pergunta, Didi confirma.
— Usei... por que o senhor quer saber?
— *Está havendo muita clonagem de cartões de crédito nas estradas...*
— Ah.
— *... a senhora pode me dizer para onde está viajando?*
Se as primeiras perguntas já tinham soado estranhas para Didi, essa última soou ainda mais; e não só para ela.
— Como o senhor sabe que eu estou viajando?
— *A senhora não está na rodovia Fernão Dias?*
Ana Clara e Léo não estão gostando nada daquela conversa. Didi é rápida.
— O senhor pode me explicar o que o lugar para onde eu estou indo tem a ver com clonagem de cartões de crédito?
Três segundos de silêncio.
— *Aparentemente, nada.*
— Então, eu prefiro não responder.
— *É um direito da senhora...*
— Eu sei que é um direito meu.
Mais três segundos de silêncio.
— *... assim como é um direito da operadora bloquear seu cartão de crédito, caso apareçam gastos em locais estranhos.*

Didi fica indignada.
— O senhor está me ameaçando?
— *Nós estamos apenas tentando protegê-la.*
Mesmo indignada, Didi prefere não pegar muito pesado.
— Eu agradeço, senhor. Assim que chegar ao meu destino, eu ligo novamente para vocês e digo onde estou, pode ser assim?
Um segundo e meio de silêncio. Quando ele volta a falar, é impossível não perceber uma alteração — alteração sutil, mas alteração — na voz do atendente da operadora de cartão de crédito; é como se ele tivesse se aborrecido.
— *A senhora é quem sabe.*
— O senhor não vai dizer o seu nome, pra ele ficar gravado na ligação?
— *Não é necessário, senhora... Boa tarde.*
— Boa tarde.
O atendente da operadora desliga antes de Didi.
— Que ligação estranha.
Ainda mais estranha do que a ligação é a maneira como Ana Clara concorda com Didi.
— Muito estranha.
Os olhos de Didi e Léo se voltam imediatamente para Ana Clara. Léo concorda com a prima.
— O cara falava de um jeito...
Com um tom para lá de enigmático, Ana Clara corrige Léo.
— ... mas o silêncio dele era pior.
Didi tem até medo de perguntar, mas não resiste.
— Pior por quê, Ana?
A garota é obrigada a frustrar a curiosidade da tia.
— Ainda não sei, Didi.
— Que animal!

Os olhos de Ana Clara e de Didi se voltam para Léo.
– O que é animal agora, Léo?
– O cara sabia até o número exato do quilômetro onde você tinha usado o seu cartão de crédito.

Mais uma vez, Ana Clara se vê obrigada a corrigir o primo.

– Nisso não tem nada de animal, Léo... é muito racional: ninguém mais tem privacidade.
– Será que ele era mesmo da operadora de cartão de crédito?

A teoria de Léo interessa Ana Clara e Didi, que aumenta novamente o som do CD.

"... *viver é muito perigoso.*"

– E de onde ele seria, Léo?
– E se os Metálicos já estiverem sabendo que estamos indo pra Ouro Preto?

Quando ouve a teoria do primo, o interesse de Ana Clara se esvazia.

– Se já soubessem, não estariam perguntando.
– Quem garante?

Ana Clara pensa um pouco antes de responder.

– Se os Metálicos já soubessem que...

O que interrompe a frase de Ana Clara é um barulho que sai do motor do carro. Barulho seguido por uma sutil derrapada, logo controlada por Didi.

– Está tudo bem com o carro, Didi?

Didi está confusa.

– Acho que eu não sei mais, Ana.
– É melhor você parar um pouco no acostamento, Didi.
– Boa ideia, Léo.

Com o carro já parado, Didi tenta explicar – ao mesmo tempo que tenta entender – o que aconteceu.

— Parece que o volante parou sozinho.

Para fazer sua pergunta, Léo quase pula para o banco da frente. Ele só não o alcança por causa do cinto de segurança.

— Como assim?

— O volante jogou um pouco para a esquerda, sem eu fazer nada.

— Que estranho!

— Muito estranho...

Mais uma vez as reticências de Ana Clara — "muito estranho..." — deixam a situação ainda mais estranha para Didi e Léo.

— ... volantes não se mexem sozinhos.

A emenda que Ana Clara faz ao "muito estranho..." piora tudo. Principalmente por ela ter falado devagar, calmamente, como se estivesse buscando do outro lado do universo cada letra necessária para completar sua frase.

— O que você está querendo dizer agora, Ana?

No mesmo tom em que vinha falando, Ana Clara não tenta amenizar o que vai dizer.

— E se além de seu cartão de crédito o seu carro também estiver sendo monitorado?

Léo se interessa pela hipótese bem mais do que Didi. Tanto que o garoto aperfeiçoa a hipótese da prima, deixando-a ainda mais terrível.

— Monitorado... e manipulado.

Didi sente as pernas tremer.

— Isso é possível?

Quase envergonhado, Léo explica:

— Na minha escola tem um garoto que é *hacker*. Ele consegue invadir os computadores das meninas que ele conhece na internet. Pelo computador dele, o cara mexe em tudo no outro computador e com a maior facilidade.

A explicação de Léo quase alivia Didi.
— O meu carro não está navegando na internet, Léo.
Mas as novas hipóteses de Ana Clara acabam com esse alívio em pouco tempo.
— O que não quer dizer que alguém não possa ter colocado em seu carro algum tipo de microcomputador e que esse alguém esteja se comunicando com ele.
— Parem de me assustar, vocês dois.
Léo e Ana Clara trocam olhares cúmplices.
— Bem que a gente gostaria, Didi.
— Vocês acham que são...
Nem se tivessem ensaiado, Ana Clara e Léo não teriam completado a frase de Didi com tanta precisão.
— ... os Metálicos!
Está difícil para Didi acreditar na hipótese dos sobrinhos.
— Vocês estão querendo dizer que acham que aqueles homens estão controlando o meu carro?
Silêncio absoluto... constrangedor... arrepiante... só quebrado pela voz do homem que está narrando a história de Guimarães Rosa do audiolivro.
"Eu me lembro das coisas, antes delas acontecerem..."
— Mas... Ana, Léo... vocês não acham que se fossem os Metálicos...
O samba do celular interrompe Didi. Como o aparelho continua conectado ao viva-voz e, portanto, ao atendimento automático, a ligação se completa logo depois do primeiro toque.
— Alô?
— *Doutora Mirtes Mesquita?*
Voz de homem... Didi não tem tempo nem atenção para se proteger.
— Sou eu.

— *Boa tarde, doutora, eu sou o Tiago Ferraz, da ONG Povos do Passado, estou ligando de BH. A doutora pode falar um instantinho comigo?*

O homem fala manso, com o sotaque típico dos mineiros, e sua voz é jovem. Claro que Didi fica intrigada. Léo e Ana Clara, mais ainda.

— Pode falar, Tiago.

— *Obrigado, viu? É que nós ficamos sabendo que a doutora está vindo esta semana pra BH...*

Os primos pulam em seus bancos e ficam arrepiados!

— *... fazer uma pesquisa no Museu da UFMG sobre os índios TUTU...*

Didi também se arrepia.

— Como você sabe?

— *Todo mundo sabe...*

— Como assim?

— *... as visitas agendadas ao museu ficam no computador da universidade... bem, como a nossa ONG trabalha com a preservação do cultura dos TUTU, eu queria marcar um encontro com a doutora assim que a senhora chegasse aqui... e...*

Talvez seja o instinto de preservação que faz Didi apertar o único botão vermelho de seu telefone celular, aquele que interrompe as chamadas. A ligação cai.

— Por que você fez isso, Didi?

Sabendo que tem pouco tempo, Didi desabafa...

— Ele vai ligar de novo... eu não sei o que fazer...

Sem perder um segundo, Ana Clara desconecta o celular do viva-voz do carro, para que a chamada não seja atendida automaticamente e só – e se! – Didi quiser.

Léo comemora.

— Mandou bem, Ana.

– ... preciso que vocês me ajudem.

Bem que Léo tenta ajudar a tia, mas a ajuda dele não é lá muito animadora.

– E se o que esse cara estiver falando for mentira? Se ele não for de ONG nenhuma?

O celular de Didi começa a sambar. Ela confere o número. Pelo código de área, a ligação é de Minas Gerais, mais precisamente, de Belo Horizonte.

– É ele de novo... e agora, Ana?

O telefone continua sambando...

– E agora, Léo?

Ana Clara conecta novamente o celular ao viva-voz e ao atendimento automático.

Nem Didi e nem Léo entendem o gesto da garota.

– Por que você tá fazendo isso, Ana?

– Deixe comigo, Didi.

A ligação é completada.

– Alô?

Pelo silêncio que fica antes da sua pergunta, Tiago estranha a voz de Ana Clara.

– *Esse telefone é da doutora Mirtes Mesquita?*

– É, sim, Tiago. Eu sou Ana Clara, sobrinha dela. Minha tia está dirigindo e pediu que eu atendesse a ligação...

Pela naturalidade de Ana Clara, fica parecendo que ela e o tal Tiago são amigos de infância, mesmo já sendo ele um adulto.

– ... é por causa do lugar por onde nós estamos passando, na estrada, sabe? A ligação fica falhando.

Tiago se anima.

– *Estrada?*

– É... nós estamos indo para Belo Horizonte.

Tiago se anima mais ainda.

— *Então... ela... vocês já estão a caminho?*
— Hum-hum.
— *Que bom!*
— Tiago, a minha tia está dizendo que terá um grande prazer em conversar com você...

Didi, que não está entendendo nada, sussurra para Ana:
— Ficou maluca, Ana?

Em vez de responder à tia, Ana Clara continua falando com Tiago.
— ... minha tia quer saber se essa conversa pode acontecer assim que nós chegarmos a Belo Horizonte; pode, Tiago?

O rapaz do outro lado da linha nem precisa pensar.
— *Claro que pode... a que distância vocês estão de BH?*

Sem nem ao menos consultar Didi, Ana Clara arrisca um palpite.
— Acho que a poucas horas.
— *Então, está ótimo. Você tem como anotar o meu telefone fixo caso a minha bateria acabe...?*

Ana Clara anota o número de telefone que Tiago diz...
— *Eu posso ir telefonando durante a viagem? Pra saber se está tudo bem...*

Mesmo achando aquele comentário muito esquisito, Ana Clara tenta caprichar na tranquilidade da voz.
— Claro que pode.

Assim que Ana Clara desliga o telefone, Léo e Didi olham para ela como se esperassem uma explicação... e esperam mesmo!

A garota arregala um pouco mais os olhos grandes e tenta sorrir; mas não consegue. Só consegue dizer:
— Acho que logo vamos poder confirmar se o Guimarães Rosa estava certo quando escreveu que "viver é muito perigoso".

2

ESTÁ DIFÍCIL PARA Léo e Didi tirarem os olhos de Ana Clara.
– Por que vocês estão me olhando desse jeito?

É claro que Ana Clara sabe a razão de Didi e Léo estarem olhando para ela com tanta dúvida e curiosidade. Eles não conseguiram entender o porquê da garota ter atendido Tiago. E entenderam menos ainda ela ter marcado uma conversa entre ele e Didi.

– Por que você fez isso?

Até aquele momento de sua vida, Didi teve razões suficientes para confiar na intuição e na inteligência de Ana Clara. Mas está difícil ver alguma lógica no comportamento da sobrinha. Por isso ela insiste numa resposta.

– Hein, Ana?

– Porque as coisas são irreversíveis.

A resposta enigmática de Ana Clara tem efeito contrário ao esperado por Didi. Em vez de responder ou concluir alguma coisa, aumenta as dúvidas dela ainda mais. Talvez seja isso, a falta de entendimento, o que tenha deixado Didi tão brava, agitada e tenha feito ela bater as mãos no volante de seu carro com tanta força.

— Quantas vezes eu já disse a vocês dois que desta vez eu cuido da viagem?

Silêncio absoluto. Léo até que pensa em dizer que ele não fez nada e que Didi deveria dar a bronca só em Ana Clara. Mas, pensando um pouco melhor, ele prefere ficar de boca fechada. A fúria de Didi é assustadora.

— ... você não devia ter feito isso!

Ana Clara se assusta; mas logo se recupera... e se ofende.

— Eu posso tentar explicar?

— Se você não for dizer mais uma frase sem sentido, pode.

Se ofendendo um pouco mais, Ana Clara pega o telefone celular de Didi.

— O número do Tiago ficou gravado aqui, no seu celular, Didi. Se você quiser, eu ligo pra ele e cancelo o encontro... melhor ainda: se você quiser, nós podemos pegar a rodovia Fernão Dias no sentido contrário, voltar para casa e esquecer que eu vi outra vez os Metálicos...

Depois de uma pequena pausa para respirar e tentar deixar a sua fala um pouco mais dramática, Ana Clara conclui.

— ... mas, só um detalhe, Didi: se os Metálicos estiverem monitorando o seu cartão de crédito... ou o seu carro... ou o seu celular... vai ser pouco provável que a gente consiga se livrar deles sem enfrentá-los.

Didi não sabe o que dizer. Léo sabe.

— A Ana Clara tem razão, Didi.

— Eu sei, Léo.

O corte de Didi para a fala de Léo é um pouco brusco. O garoto nem se atreve a continuar. Ele entende que Didi está confusa e tentando refletir sobre o que Ana Clara falou. Didi percebe que exagerou.

— Desculpem... eu estou nervosa.

Ana Clara coloca a mão esquerda sobre a mão direita de

Didi, que continua segurando o volante do carro.
— Eu ia achar estranho se você não estivesse nervosa, Didi.
Léo chega um pouco mais perto de Didi e de Ana Clara e completa o raciocínio da prima.
— O que nós estamos passando não é simples... nem fácil.
Cobrindo a mão esquerda de Ana Clara com a sua mão esquerda, Didi sorri para os sobrinhos e mostra que está voltando a se acalmar.
— Estou com medo de estar colocando vocês em uma fria, Ana.
— E nós estamos mesmo numa fria, Didi... mas, como eu disse: as coisas são irreversíveis... e não foi você quem colocou a gente nesta situação...
Um pouco de silêncio para Didi terminar de se acalmar... depois, ela confere os olhares atentos de Léo e de Ana Clara e quer saber:
— Vamos adiante?
— Claro que vamos.
— Mas, e o meu carro?
Talvez por ser garoto, Léo sente necessidade de responder a essa pergunta.
— Vamos indo devagar, pela pista da direita, que é ao lado do acostamento, até encontrar algum posto que tenha oficina.
— E se tiver mesmo alguém nos rastreando...
— Melhor a gente nem conferir isso agora.
Concordando com a sobrinha, Didi volta para a estrada.

Algumas horas depois...
Superempolgado, Léo viaja agora no banco da frente, ao lado da tia. Didi continua indo devagar e pela pista mais próxima do acostamento.

— Tô achando que não tem nenhum posto.

Léo está certo. Não há nenhum posto antes de Belo Horizonte. Mas nem tudo está perdido...

— Olhem...

Ana Clara, pouco se importando de estar no banco de trás, chama atenção para que Didi e Léo prestem atenção na placa verde no alto da estrada.

— Belo Horizonte...

Na placa, além do nome da cidade, está escrito que faltam vinte quilômetros para chegar lá. Tomando todo cuidado para não parecer muito eufórica, Ana Clara pergunta:

— Posso continuar a colocar o meu plano em ação, Didi?

— Pode.

Depois de pegar o celular de Didi, Ana Clara confere um dos números de telefone que Tiago passou a ela, digita e espera a ligação ser completada.

— *Doutora Mirtes?*

Ana Clara reconhece a voz — muito empolgada! — imediatamente.

— Não, Tiago. Aqui é a sobrinha dela. A doutora Mirtes continua dirigindo.

— *Tudo bem, Ana Clara?*

— Tudo... nós já estamos quase chegando. Você ainda pode encontrar a gente?

— *Claro que posso... eu estou aqui, esperando exatamente isso.*

Antes de continuar, Ana Clara sente um arrepio.

— Minha tia pediu para você marcar na praça de alimentação de algum *shopping*, no centro da cidade.

Tiago estranha a sugestão.

— *Praça de alimentação de* shopping? *Ela não prefere no escritório da nossa ONG? Fica ao lado da universidade...*

Tomando o máximo cuidado para não parecer tão desconfiada quanto está, Ana Clara se explica.
— Ela prefere um *shopping*. Nós temos que colocar crédito em nossos telefones... comprar xampu e pasta de dentes, que esquecemos...
Tiago já entendeu...
— *Está certo.*
Depois de marcar o local e passar para Ana Clara a indicação de como chegar até ele, Tiago quer saber:
— *Como é que eu vou reconhecer vocês?*
— Como você vai estar?
— *Eu estou com uma camiseta e um boné vermelhos, da nossa ONG.*
— Então vai ser fácil. Até daqui a pouco.
— *Até daqui a pouco. Bom final de viagem para vocês.*
Alguns minutos depois, começam a aparecer casas na beira da estrada.
— Já estamos quase na zona urbana da cidade... agora, é só seguir as placas que indicam o centro.
Fazendo o que disse, em mais alguns minutos Didi já está longe da estrada. Aparecem no caminho, além das casas, algumas lojas. É final de tarde. O movimento de carros é intenso.
— Estamos chegando no *rush time*... na hora da saída do trabalho.
Quanto mais se aproxima do centro, maior o volume de carros e mais devagar vai o carro de Didi.
— Tá parecendo São Paulo.
— Não exagera, Léo. Igual a São Paulo só Nova York e a Cidade do México.
— Olha, Didi, como as avenidas grandes são cheias de árvores.

— Tem gente que chama Belo Horizonte de cidade jardim, Ana. São mais de quinhentas mil árvores espalhadas pelas ruas.

Começam a aparecer placas indicando o centro. O celular de Didi toca novamente. Ana Clara confere.

— O Tiago tá apressado... Vou atender, tá?

Ana Clara atende.

— *Cadê vocês?*

A voz de Tiago está um pouco mais ansiosa do que das outras vezes.

— Estamos pegando um pouco de trânsito, Tiago. Devemos estar perto.

— *Onde vocês estão?*

— Passando perto de uma lagoa.

Tiago se aborrece.

— *Na Pampulha?*

Olhando em volta do carro, Ana Clara vê uma placa indicando a palavra que ela acaba de ouvir: Pampulha.

— É.

— *Mas vocês estão dando muita volta. Não precisava passar na Pampulha pra vir pro* shopping.

— Nós estamos seguindo as placas que indicam o centro.

— *Tá bom... eu tô esperando.*

Vinte minutos depois, Didi estaciona o carro dentro do *shopping* — com alguma dificuldade para encontrar uma vaga, diga-se de passagem! — e segue com Léo e Ana Clara pelos corredores de lojas em direção à praça de alimentação.

— Esse lugar se parece com os *shoppings* de São Paulo.

— *Shopping* é *shopping* em qualquer lugar do mundo, Léo.

Quando vê a praça de alimentação um pouco mais à frente, os olhos de Ana Clara começam a vasculhá-la.

— O Tiago disse que ia estar com boné e camiseta vermelhos.

Léo é o primeiro a identificar Tiago, a alguma distância, andando de um lado para outro.

— Olha o cara lá.

Enquanto caminham em direção a ele, Didi vai conferindo Tiago: um rapaz um pouco mais novo do que ela, alto, magro, agitado, olhos cor de mel, cabelos encaracolados, barba rala... Ele está de calça *jeans* surrada, sandálias de couro cru e tem uma bolsa de couro pendurada em um dos ombros.

— Parece inofensivo.

— Esses são os piores.

Didi e Ana Clara se surpreendem com o comentário de Léo.

— Acho que ele já viu a gente.

Ana Clara está certa. Tiago confere o trio e caminha rápido em direção a eles, bastante eufórico.

— Doutora Mirtes... é um prazer conhecer a senhora.

Para Didi, continua valendo a opinião dela e não a de Léo em relação a Tiago. Isso a deixa tranquila enquanto o cumprimenta.

— Muito prazer, Tiago. Esses são os meus sobrinhos Ana Clara e Léo.

— Oi, tudo bem?

— Muito prazer, Tiago.

— Prazer em conhecer vocês dois também. Bem-vindos a BH.

— Desculpe a nossa demora, Tiago.

— Tem problema, não... eu é que peço desculpas de ter telefonado tantas vezes...

Continuando a falar manso e com respeito, e olhando profundamente nos olhos de Didi enquanto fala, Tiago vai ganhando cada vez mais a confiança dela.

— ... é que, pra gente, é muito bom conhecer pessoas como a senhora.

Didi lança um sorriso um tanto quanto empolgado para o magrelo de barba rala.

— Não precisa me chamar de senhora...

Ana Clara e Léo trocam olhares quase discretos, típicos de dois sobrinhos que perceberam o interesse de uma tia namoradeira.

— ... afinal, eu não sou muito mais velha do que você.

— Se bobear, a senhora... quer dizer, você é até mais nova.

Mais uma troca de olhares entre Ana Clara e Léo. Parece que o interesse não foi só da tia dos dois. Ana Clara sussurra:

— A Didi e o barbichinha se interessaram um pelo outro, Léo!

É também sussurrando que Léo responde.

— Não fui com a cara dele, Ana.

Tiago tira um cartão do bolso e o entrega a Didi. Nele se pode ver o desenho de um vaso de barro, o nome da ONG Povos do Passado e o nome completo de Tiago. Sob o nome dele, a palavra diretor-geral.

— Eu divido a diretoria da ONG com a Lúcia e a Marisa, que devem estar vindo pra cá também, pra conhecer a senhora. Nós somos formados em História há alguns anos e dividimos o nosso tempo entre aulas em colégios da cidade e as nossas pesquisas sobre os índios TUTU.

Primeiro, Didi sente certa vergonha! Depois, ela fica aflita... Aparentemente, Tiago está falando sério: ele é um pesquisador... e veio se encontrar com ela para falar sobre a pesquisa que ela teria ido fazer em Belo Horizonte sobre os índios TUTU... só que ela não tem nada a falar sobre esse assunto. E agora? Tiago continua:

— Eu atendi o seu pedido, vindo até a praça de alimentação, mas não acho que aqui seja o melhor lugar para conversarmos.

Léo e Ana Clara ficam mais atentos! Tiago percebe, confere o olhar dos primos e sorri para eles.

— Fiquem calmos, eu não vou raptar a tia de vocês.

Agora é a vez de Didi ficar mais atenta. Percebendo que pode ter dito alguma coisa errada, Tiago fica um pouco confuso, mas em vez de se explicar conclui o que tinha começado a dizer.

— Eu ia sugerir que fôssemos a um café muito simpático que fica em um casarão, aqui do lado do *shopping*. Lá tem mesinhas, ar-condicionado, um pão de queijo quase tão gostoso quanto o que minha avó faz... o doce de leite, então, é de comer ajoelhado... tudo caseiro! Mas, se vocês preferirem, nós podemos ficar aqui mesmo.

A primeira a manifestar animação é Ana Clara.

— Adoro pão de queijo...

A animação de Ana Clara faz com que Didi não se envergonhe de manifestar a sua própria animação.

— E eu adoro doce de leite.

— Só falta você, Léo.

Léo não está gostando muito dessa intimidade com Tiago.

— E eu, que adoro hambúrguer, prefiro ficar aqui...

Tiago não apresenta resistência.

— Por mim, tudo bem.

— ... mas, como a minha tia e a minha prima acharam a ideia boa, vamos para o tal café ao lado do *shopping*.

O casarão antigo onde funciona o café é mesmo muito simpático: ar-condicionado, paredes pintadas com cores fortes e decoradas com fotos de artistas mineiros e desenhos geométricos. As toalhas das mesas são xadrezes e lembram as de antigamente. As garçonetes se vestem de preto. Uma delas indica uma mesa perto de uma janela de onde se tem uma vista ampla da avenida arborizada e iluminada com suavidade.

Enquanto sentam, Ana Clara confere, um tanto quanto encantada, as fotos das capas dos LPs, os discos de vinil, penduradas nas paredes.

– Que decoração legal!

Tiago se empolga...

– São fotos dos discos de alguns dos nossos grandes músicos!

Ninguém sabe muito bem como continuar a conversa.

O silêncio é quebrado por uma garçonete simpática que se aproxima. Trata-se de uma garota pequena, magra, de cabelos muito pretos e pele quase transparente de tão branca.

– Tudo bem, Tiago?

Pela maneira como a garota fala, fica claro que, mesmo tentando ser discreta, ela deve ter alguma intimidade com Tiago. E mais: que Tiago não gosta muito dessa intimidade... ou, pelo menos, dela estar manifestando essa intimidade.

– Oi, Virgínia.

A garota percebe que não agradou. Isso não a deixa constrangida.

– O que é que seus amigos vão querer?

Fazendo questão de se mostrar frio, mas não mal-educado, Tiago faz o pedido: café para ele e Didi, quatro pães de queijo, um refrigerante para ser dividido entre Léo e Ana Clara – que protestam por ter que dividir! – e uma porção de doce de leite para ser partilhada entre os quatro. Léo protesta ainda mais!

– Uma porção só?

— Se não, ninguém vai jantar direito. Já não basta o almoço, que foi só hambúrguer e batata frita?
— E não tá ótimo?
— Claro que não.
Depois que a garçonete anota o pedido, ela continua parada ao lado da mesa, como se quisesse dizer alguma coisa a Tiago.
— O que foi, Virgínia?
— Você vai pegar a serra hoje?
Se Tiago já tinha gostado pouco da pequena intimidade demonstrada por Virgínia, ele gostou menos ainda dessa que ela demonstra agora, um pouco maior. Quase aborrecido, ele responde:
— Não sei.
Tendo certeza absoluta de que não está agradando, a garçonete se ofende, encara Tiago, xinga-o quase sussurrando...
— Coió de mola!
... e se afasta da mesa levando o desagrado de Tiago, que volta a sorrir para Didi. Em vez de estranhar, Didi, Léo e Ana Clara acham graça, especialmente Léo...
— Coió de mola?
— Foi um jeito bem mineiro de me chamar de algo como bobo, Léo... Ex-namoradas! Um dia você ainda vai ter uma... ou algumas!
O final da frase de Tiago deixa Léo um pouco envergonhado. Discretamente, ele mexe com a fitinha de Nosso Senhor do Bonfim amarrada em seu pulso.
— Espero que demore.
— Quanto tempo você pretende ficar em BH, Mirtes?
Didi fica sem jeito.
— Ainda não sei.
Tiago estranha a reação dela.
— Em que hotel vocês vão ficar?

Ficando ainda mais sem jeito, Didi começa a responder.
– Eu... nós...
Léo tenta socorrer Didi.
– Nós deixamos para procurar hotel quando chegássemos aqui, sabe?
A emenda de Léo faz Tiago estranhar ainda mais.
– Você viajou com *duas crianças* sem reservar hotel?
Agora é Ana Clara quem tenta socorrer Didi, Léo... e a ela mesma.
– Nós pesquisamos alguns hotéis na internet e vimos que, em alguns casos, reservar o hotel quando se chega na cidade custa mais barato.
– É verdade... é mais arriscado, mas é mais barato.
– E tem mais, Tiago: eu e o Léo não somos tão crianças assim...
– E estamos muito acostumados a viajar com a Didi...
– Didi?
– ... quer dizer, com a tia Mirtes.
– Ele chamou você de Didi.
– Todo mundo que tem intimidade comigo me chama de Didi.
Alisando a barbicha, Tiago sorri para Didi.
– Como é que você quer que eu a chame?
Mais uma vez Didi se empolga... Tentando formar uma barreira protetora de sobrinhos em torno de Didi, Léo e Ana Clara encaram a tia, que acaba sendo obrigada a responder...
– Mirtes... por enquanto.
– Está bem, Mirtes... mas, me diga...
Um telefone celular começa a tocar dentro da bolsa de Tiago.
– ... o que é que fez você querer pesquisar os índios TUTU?

E agora? Didi fica aflita.

– Você não vai atender o seu telefone, Tiago?

Nem a aflição e muito menos a tentativa de escapada de Didi passam despercebidas para Tiago.

– Vou, né...

Tiago pega o telefone na bolsa, confere o número e atende.

– Diga, Marisa?... Tão vindo?... Não?... Ah!... entendi... eles querem isso pra amanhã cedo? Vocês querem que eu vá praí?... Têm certeza?... No meu computador tem uma pasta com o vocabulário dos índios... se não achar, liga de novo... eu falo pra ela... não sei, Marisa... acho que não... eu tenho que levar o remédio dela... depois a gente conversa... beijo.

Quando desliga o telefone, Tiago está um pouco diferente...

– As meninas não vão poder vir...

... um pouco distante... talvez preocupado.

– ... tem um dos nossos patrocinadores que pediu um relatório detalhado de gastos... elas pediram desculpa.

– Não tem problema.

– Quem sabe amanhã, lá na universidade.

Algo que Tiago pensa faz com que ele se interrompa.

– O que foi, Tiago?

Um pouco mais desconfiado do que vinha se mostrando, Tiago encara Didi.

– Mirtes, por que você está evitando falar comigo sobre sua pesquisa?

Silêncio gelado.

– Toda hora que eu vou falar sobre o assunto você faz uma cara...

O silêncio congela.

– ... por acaso você está desconfiando de mim?

Didi não sabe o que dizer.

— Que eu saiba, nós, mineiros, é que temos fama de desconfiados.

Ana Clara também não sabe o que dizer, mas ela é mais atrevida do que a tia.

— É melhor a gente falar a verdade, Didi.

Léo quase cai da cadeira.

— Tá louca, Ana?

Depois de lançar para o primo aquele típico olhar de "eu sei muito bem o que eu estou fazendo", Ana Clara volta a encarar Didi.

— Pode deixar que eu mesma falo, Didi.

Quase torcendo o pescoço, de tão rápido que ela vira de Didi para Tiago, Ana Clara tenta encher a testa de rugas, para mostrar que o que ela tem a dizer é sério... e verdadeiro.

— Desculpe, Tiago; mas a minha tia está, sim, desconfiando de você.

Mais relaxando do que se ofendendo, Tiago quer saber...

— Mas posso saber por quê? Uai?!

Tiago ter usado pela primeira vez a expressão "uai?!" deixa Ana Clara ainda mais desconfiada. Trata-se de uma expressão popular, que ela já ouviu em filmes com personagens mineiros e de pessoas simples como as mulheres bordadeiras de fuxico que deram entrevista na televisão. "Uai?!" dito assim, por um historiador e diretor de uma ONG, soou para ela como se Tiago quisesse enganá-la. Mas Ana Clara não é do tipo de garota que se deixa enganar.

— Pode, sim: não é muito natural o que você fez.

— E eu posso saber o que eu fiz?

— Você nem esperou a gente chegar aqui, já foi ligando pra Didi do caminho... e querendo se encontrar com ela...

— O que é que isso tem de errado?

Depois de cruzar os braços para deixar bem claro que mesmo com o tom quase inocente de Tiago ela continua achando que tem razão, Ana Clara responde:

– Um pouco de intrometimento demais, você não acha, Tiago?

Por incrível que possa parecer para Ana Clara, cada vez mais Tiago se anima com a conversa que os dois estão tendo. Não há nele o menor sinal de aborrecimento.

– Será que em vez de "intrometimento demais" você não deveria dizer "delicadeza demais"?

Agora é Ana Clara que quase cai da cadeira.

– De... de... delicadeza?

– Com um bando de pessoas que eu não conheço e que vêm aqui, na minha terra, pesquisar um assunto que eu pesquiso há anos...

Ana Clara fixa os olhos nos olhos desconfiados de um garoto na foto da capa do disco pendurado na parede. E Tiago...

– ... será que não era eu quem deveria estar mais desconfiado? Outra coisa: quem quis me encontrar hoje foram vocês. Eu só liguei pra marcar... e nem sabia que vocês já estavam vindo pra cá. No computador da universidade, a visita de vocês está marcada para depois de amanhã.

Não que ela soubesse como fazer isso, mas Ana Clara nem tem tempo de responder. Alguma coisa que Tiago vê na rua chama totalmente a sua atenção. Trata-se de uma "lata velha" cor de abóbora, caindo aos pedaços.

– Eta *nóis*...

Tiago se levanta como um raio...

– ... meu carro...

... como um raio, Tiago atravessa o café gritando e quase derruba a bandeja que Virgínia trazia para a mesa.

– ... estão roubando o meu carro!

Mais do que depressa, Didi, Ana Clara e Léo se levantam da mesa e vão atrás de Tiago, que está parado na calçada, totalmente pálido e assustado olhando para a rua vazia.
– Roubaram o meu carro!
O tom de desespero de Tiago envolve rapidamente Léo, Didi e, principalmente, Ana Clara.
– Tem certeza?
– Tenho... Acho que era o único carro cor de abóbora de Belo Horizonte... e o lugar onde eu parei está vazio...
Léo acha estranho.
– Quem é que ia roubar um carro cor de abóbora?
– Tenta ficar calmo, Tiago.
Nesse momento, Tiago se lembra de algo que o deixa ainda mais nervoso.
– Minha avó...
– O que é que tem a sua avó?
– ... eu tenho que ir pra casa levar o remédio dela...
A tristeza que se mistura ao desespero de Tiago toca Didi ainda mais.
– Eu posso te dar uma carona, Tiago.
– ... ela mora longe, Mirtes...
– Não tem problema.
– ... em outro município... tem que pegar estrada...
Ao mesmo tempo, Ana Clara e Léo têm uma sensação estranha. Algo como uma premonição de que alguma coisa está para acontecer. Alguma coisa que eles não sabem se é boa ou ruim. Mesmo já sabendo a resposta, Léo pergunta...
– Onde a sua avó mora, Tiago?
– Em Ouro Preto.

3

AO OUVIREM QUE Tiago também está indo para Ouro Preto, a sensação de premonição de Léo e Ana Clara aumenta. Mesmo angustiado como está, Tiago percebe que o que ele disse fez mudar radicalmente algo em Ana Clara, Léo e Didi.

– Vocês ficaram brancos... não precisam me levar até Ouro Preto. Eu sei que é um pouco longe e...

Ana Clara não consegue mais se conter.

– E justamente...

– Não, Ana.

– Por que não, Léo? O Tiago vai saber mesmo.

– Posso saber o que eu vou saber?

– ... é que nós estamos indo, justamente, para Ouro Preto, Tiago... é por isso que nós não temos reserva de hotel aqui, em Belo Horizonte.

A justificativa de Ana Clara tem efeito contrário. Em vez de esclarecer Tiago, deixa o rapaz mais confuso e desconfiado... tão desconfiado que, em vez de manifestar algum tipo de reação, ele faz questão de se conter e de fingir que não está desconfiado ou confuso.

– Que coincidência...

Passa despercebido para Didi que para Tiago não tem ali nenhuma coincidência. Ana Clara percebe que, a partir daquele momento, Tiago não está sendo mais tão sincero. Em uma rápida troca de olhares, Ana Clara confirma que Léo também está ligado na mudança de comportamento de Tiago. Mesmo sem dizer nada, o que passa pela cabeça dos dois é o mesmo: vamos ver onde isso vai dar...

– ... então, será que vocês poderiam me dar uma carona?

– Claro que sim.

– Claro que não, Didi.

– Por que não, Léo?

É para Didi que Léo responde; mas é para Tiago que ele olha.

– Simplesmente porque o nosso carro está com um problema. E nós vamos ter que arrumar.

– Ah! É verdade... quem sabe o Tiago possa nos ajudar, já que ele é daqui.

– Na verdade, eu sou de Ouro Preto. Eu venho a Belo Horizonte todos os dias para dar aula e por causa da ONG.

– Sabe o que é, Tiago, do meio da viagem para cá, a direção do meu carro começou a jogar... teve um momento em que ela até pareceu se mexer sozinha.

O tom de Tiago já é de quase total naturalidade.

– Eu conheço um mecânico aqui perto, não sei se a oficina dele ainda está aberta. Pode ser que esteja.

Léo se lembra de mais um detalhe.

– Seu carro foi roubado. Você não vai fazer nada?

– Não tenho muito o que fazer, Léo, a não ser um boletim de ocorrência. Eu deixo vocês na oficina, vou até a delegacia e volto rapidinho.

Com expressão e voz de pouquíssimos amigos, a garçonete Virgínia sai do café e vai ao encontro deles.

– Vocês não vão consumir o que pediram?

É com o mesmo tom de aborrecimento que usou antes que Tiago continua falando com ela:

— Roubaram meu carro, Virgínia.
Ainda mais brava, Virgínia desabafa:
— Mentiroso!
Ela dá as costas, mas se lembra de algo e volta novamente.
— Mesmo se não consumirem, vocês terão que pagar.
— Eu sei...
Virgínia não espera o final da resposta de Tiago. Ela dá as costas novamente e entra no café.
— Eu vou lá dentro pagar a conta, pegar a minha bolsa...
Enquanto Tiago vai entrando, Didi se lembra de que também deixou a bolsa no café...
— Minha bolsa!
... e vai atrás dele. Léo faz movimento de seguir a tia. Discretamente, Ana Clara segura-o pela camiseta.
— Vamos esperar aqui. Acho que nós vamos ter poucos momentos pra falar sozinhos, sem a Didi. Eu preciso falar com você.
— Falar o quê?
— Se liga, Léo. Sabe como é a Didi: não pode ver uma barbichinha...
— É verdade! Lembra que tudo começou, lá em Salvador, por causa do encontro dela com o Jorge Virtual?
— Claro que me lembro. Temos que tomar cuidado para ela não pôr tudo a perder.
— Você acha que o Tiago foi plantado no nosso caminho?
— Ainda não sei. O que eu sei é que, se ele for mesmo de Ouro Preto, pelo menos o cara pode ser útil pra gente.
— Útil... ou perigoso?
— Você diz cada coisa, Léo. Por acaso os caras de quem nós estamos indo atrás não são perigosíssimos?
Léo pensa em algo que arrepia os seus cabelos!
— Se são...

— A Didi e o Tiago estão voltando.

Quando saem do café, o clima entre Tiago e Didi é de quase normalidade.

— Vamos pegar o meu carro no estacionamento do *shopping*.

A oficina que Tiago indicou fica a poucas quadras do *shopping* e, por sorte, está aberta. O mecânico, atento, escuta a longa explicação de Didi.

— ... e, no final, parecia que tinha alguém dirigindo no meu lugar.

— Não dá pra dizer nada, Dona, sem fuçar no carro.

É Tiago quem orienta, em tom de brincadeira:

— Enquanto o senhor examina se está tudo bem com o carro ou se era um fantasma dirigindo, eu vou até a delegacia, aqui perto, e já volto.

Assim que Tiago sai, Léo chega mais perto de Ana Clara e cochicha.

— E se o mecânico descobrir um microcomputador que pode estar teleguiando o carro da Didi?

— Se liga, Léo.

Exatamente no momento em que o mecânico está fechando o capô, depois de ter terminado o exame do carro, Tiago entra, de volta, na oficina; bem mais aliviado do que quando tinha saído. Didi está cada vez mais empolgada com ele.

— E aí? Como foi?

— Tudo certo. Registrei a queixa, mas sei que não vai adiantar muito... os caras me trataram de um jeito... parecia até que eu é que era o ladrão... e aqui, como foi tudo?

O próprio mecânico explica que o que ele viu é que o mecanismo interno do volante estava um pouco frouxo...

— Eu apertei uns parafusos... isso deve ser o suficiente para continuar a viagem com segurança.

— Meu carro é muito velho, Tiago.
— Não mais velho do que o meu "abobrinha", Mirtes.
— Acho que agora você já pode me chamar de Didi.
Léo se aborrece e cochicha com Ana Clara:
— Estava demorando...
E o mecânico...
— Qualquer coisa, é só voltarem.

O mecânico insiste em não cobrar pelo ajuste dos parafusos. Tiago faz questão de dar uma gorjeta do próprio bolso.

— Obrigado, Seu Juca.

Encarando Léo, Ana Clara e Didi, Tiago abre um sorriso simpático, mas ainda desconfiado.

— Prontos para encarar os pés de moleque da montanha-russa barroca?

Ninguém entende. Tiago prefere manter o suspense:

— No caminho eu explico.

Para chegar a Ouro Preto a partir de Belo Horizonte, pega-se a BR-356.

— A estrada é linda. Pena que estamos viajando durante a noite...

Tiago vai ao lado de Didi. Ana Clara e Léo vão no banco de trás.

— Trouxeram agasalhos? Nesta época do ano, Ouro Preto é bastante fria.

Os casacos de Ana Clara, Léo e Didi estão no banco de trás.

— Em São Paulo já estava bem frio.
— Você conhece São Paulo, Tiago?
— Já estive lá várias vezes... mas, pra uma cidade daquele tamanho, não posso dizer que eu conheça.
— Por que você não se mudou pra Belo Horizonte?

— Eu ajudo a minha família nas despesas.
— A viagem dura quanto tempo?
— Uma hora, no máximo, Ana. São exatos 89 quilômetros de distância, que eu conheço palmo por palmo, diga-se de passagem.. se vocês quiserem jantar na minha casa, eu...
— Não precisa, Tiago.
— Calma, Didi. Eu ajudo em casa, mas vivemos com fartura... com simplicidade, mas com fartura... eu posso ligar e pedir pra minha avó colocar mais água no feijão.
— Vamos fazer o contrário: hoje, você janta com a gente em algum restaurante. Quem sabe amanhã você pede para a sua avó pôr mais água no feijão.

Didi liga o rádio. A voz que contava a história continua...
— Que *trem* é esse?
— São trechos do livro *Grande Sertão: Veredas*.
— Sabiam que tem um passeio ecológico, feito a cavalo, aqui perto, que tenta reproduzir o trajeto feito pelos personagens do livro, pelo sertão de Minas Gerais? Vocês sabem que o livro conta a aventura de um bando de jagunços e...
— Não fala tudo, Tiago.
— Por quê?
— Eu não quero estragar a surpresa, quando a Ana Clara e o Léo forem ler o livro.
— Tá certo, uai!

Dessa vez, o "uai!" dito por Tiago não incomoda tanto Ana Clara, que está fazendo certo esforço para não achar o rapaz totalmente simpático.
— Voltando a falar no passeio: se vocês tiverem tempo e vontade, eu posso levar vocês... Até quando vocês pretendem....

Mesmo com todo cuidado que ele tomou para não

parecer intrometido demais, Tiago tem dificuldade de completar o que começou a dizer.

— ... desculpem.

Didi sente um pouco de vergonha. Mas tenta disfarçar.

— Desculpar o quê?

— Eu querer saber até quando vocês vão ficar em Minas... eu tinha prometido pra mim mesmo que não ia mais perguntar nada de objetivo sobre a sua pesquisa... nem sobre nada.

A aparente sinceridade com que Tiago fala faz Didi se sentir ainda mais culpada por não poder satisfazer a curiosidade dele. Mas Didi sabe que o que ela tem a esconder tem que continuar sendo escondido, pelo menos por enquanto.

— Obrigada pela sua compreensão, Tiago.

Léo tenta mudar de assunto.

— Como é Ouro Preto, Tiago?

Depois de virar o pescoço para trás, Tiago abre um sorriso bem irônico para Léo.

— Não precisa inventar uma conversa, Léo, eu não vou perguntar mais nada.

— Droga!

Voltando-se para a frente, Tiago quer saber o que Didi viu que fez com que ela dissesse "droga!".

— O que foi? Olha ali na frente... vamos atravessar um nevoeiro.

Tiago confere a mancha branca encobrindo a estrada a poucos metros.

— Esse trecho da estrada tem bastante nevoeiro... e curvas...

Nesse momento, Didi olha para Tiago, como se esperasse que ele se oferecesse para dirigir. Tiago não diz nada.

— Vou dirigir mais devagar.

Durante os quilômetros de nevoeiro, fica o maior silêncio dentro do carro; como se Tiago fosse dirigindo paralelamente ou quisesse ficar preparado para ajudar Didi a controlar a direção do carro caso isso fosse preciso. Léo e Ana Clara, no banco de trás, também viajam quase em silêncio, enquanto fazem um campeonato de palavra cruzada.

Depois de preencher os três quadradinhos que faltavam para formar a palavra "desconhecido", Ana Clara passa a revista e a caneta para Léo.

– Sua vez.

– Não quero mais jogar. As curvas me deixaram com um pouco de sono.

– E eu fiquei enjoada.

Conferindo os sobrinhos pelo espelho retrovisor, Didi sorri.

– Deve ser o cansaço de um dia inteiro de viagem... e a fome.

– Falta muito pra chegar, Didi?

Para fazer sua pergunta, Ana Clara usa um tom quase infantil. Didi adora quando ela faz isso.

– Não, meu amor... já começaram a aparecer as placas de Ouro Preto.

– Devemos estar perto, não é, Tiago?

– Mais quinze minutos e chegamos.

Vinte minutos depois... Léo, sonolento, avista ainda da estrada uma montanha iluminada por alguns pontos de luz. Provavelmente algumas casas que não se consegue ver direito. A noite está cada vez mais escura. Não há uma única estrela no céu.

– Olha: Ouro Preto.

Os cabelos curtos de Léo e as tranças escuras de Ana Clara se ouriçam...

– É Ouro Preto, sim, Léo; mas não é o centro histórico.
– Não.
– Ali é a Serra do Espinhaço. O bairro se chama Morro da Queimada. São casas pobres, alguns casarões em ruínas... esse bairro não aparece na televisão nem nas revistas de turismo... não é exatamente um cartão-postal da cidade, sabem?

Abrindo o vidro do carro, Tiago completa o raciocínio de Didi.

– Foi na região do Morro da Queimada que a cidade começou. O que tinha lá foi quase todo destruído no século XVIII, na Revolta de Vila Rica. A polícia da época invadiu o morro para conter a manifestação popular dos mineradores, revoltados com os altos impostos cobrados pela Coroa Portuguesa pela extração do ouro. No morro, ainda existem minas de ouro abandonadas.

Ao ouvirem sobre minas de ouro abandonadas, Ana Clara e Léo sentem ao mesmo tempo algo estranho. Um calor misturado com frio. Um medo misturado com curiosidade. Léo cochicha:

– Será, Ana?

Colocando o dedo indicador da mão direita esticado sobre os lábios, Ana Clara mostra que acha melhor Léo ficar quieto.

– Tô ligado.

Depois de uma pausa para um suspiro aborrecido, Tiago encara Didi.

– Desculpe, Didi, mas agora eu tenho que perguntar, para poder indicar o caminho: em que pousada vocês vão ficar?

– Santo de Pau Oco.

– Para quem queria economizar, vocês até que estão gastando. Essa pousada não é das mais baratas.

— Foram o Léo e a Ana que encontraram a pousada na internet.

Ana Clara pega uma página de texto que ela e Léo imprimiram da internet e confere o endereço da pousada, ao mesmo tempo que se defende:

— Eles estão com uma superpromoção para quem faz reservas pela internet. A pousada fica na Ladeira Verde, você conhece?

— Claro que conheço: vire à direita, Didi.

Atendendo à indicação de Tiago, Didi vira à direita e tem que diminuir um pouco a velocidade por causa do calçamento da rua. O carro começa a percorrer as ladeiras do centro histórico com casarões térreos e sobrados no estilo colonial. A maioria dos casarões é ocupada por lojas de artesanato. O movimento de carros e de pessoas é mínimo.

Léo pensa em algo, se assusta! E, tentando disfarçar o susto que o pensamento causou, sugere:

— Será que você poderia fechar o seu vidro, Tiago?

Tiago estranha o pedido de Léo.

— Está com tanto frio assim, garoto?

— Não é isso, é que... pensando bem, eu tô ficando com frio.

Fica um silêncio um pouco constrangedor dentro do carro. Didi chama a atenção para outro assunto...

— As ruas do centro histórico de Ouro Preto foram calçadas pelos escravos.

Aproveitando a explicação histórica, Ana Clara e Léo voltam a trocar alguns cochichos:

— Por que você pediu para o Tiago fechar o vidro, Léo?

— E se os caras estiverem por perto... e reconhecerem a gente? Dessa vez, Ana Clara acha melhor não desdizer Léo. Ele tem razão. Voltando à explicação de Didi...

— ... o calçamento foi feito pelos escravos quando a cidade ainda se chamava Vila Rica.

Tiago não perde a oportunidade de também exibir os seus conhecimentos de história.

— Algumas pessoas chamam esse desenho do calçamento de pé de moleque, porque ele lembra o doce feito de amendoim e açúcar queimado.

— Foi por isso, Tiago, que você disse "preparados para os pés de moleques..."?

— Exatamente, Ana... e eu falei sobre montanha-russa barroca porque tem gente que chama Ouro Preto assim por causa das ladeiras.

— E barroca por quê?

— Se liga, Léo.

— Se liga você, Ana. Aposto que você também não sabe.

— Sei... quer dizer... mais ou menos.

Tentando não ser muito didático, Tiago resume que barroco é o nome do estilo artístico que apresenta figuras quase sempre religiosas, retratadas cheias de curvas, detalhes, flores e outros elementos de adorno. Didi completa:

— A arte barroca mineira reflete bem o conflito entre o espiritual e o terreno.

A empolgação de Didi é tanta que até parece que ela se esqueceu de que eles não estão fazendo uma viagem turística.

— Amanhã nós vamos poder ver, nas maravilhosas igrejas de Ouro Preto, detalhes dessa arte.

— Se liga, Didi.

O comentário de Léo soa como um banho de água fria para a empolgação de Didi; e não passa despercebido para Tiago, que não comenta nada, ou melhor, prefere continuar fazendo o papel de guia:

— Entre na próxima à esquerda, Didi.

Assim que Didi atende à indicação de Tiago, o grupo depara com uma grande praça retangular e relativamente vazia, mal-iluminada e que deixa Léo e Ana Clara ainda mais atentos. Didi dirige mais devagar. Léo confere o nome da praça em uma placa.

— Praça Tiradentes.

— Foi nessa praça que Tiradentes e os outros mártires da Inconfidência Mineira foram enforcados, esquartejados e tiveram os pedaços de seus corpos espetados.

Ao explicar sobre a praça, Tiago fala devagar, como se tivesse muito respeito pelo lugar e pelas coisas que ali aconteceram.

— Cada esquina de Ouro Preto tem uma história trágica para contar.

Percebendo que o clima no carro ficou um pouco tenso, Tiago muda de assunto.

— Você falou em jantar, Didi...

Assunto que interessa a todos, diga-se de passagem.

— ... antes de vocês irem para a pousada, eu pensei que podíamos estacionar o carro em frente dela e ir a pé até o restaurante... a noite não está muito fria.

A sugestão de Tiago cria certo clima: Didi olha para Ana Clara, que olha para Léo, que devolve o olhar para Didi, que tenta disfarçar aquela enigmática troca de olhares com um sorriso amarelo e pálido.

— Eu disse mais alguma bobagem?

Ninguém responde. Agora, dentro do carro espalha-se um silêncio amarelo e pálido.

— Vocês estão se escondendo de alguém?

Como se não tivesse existido a troca de olhares enigmáticos nem as duas últimas perguntas de Tiago, Didi retoma

a conversa da sugestão de passeio dada por Tiago.
— Ótima ideia irmos jantar a pé.
Alguns minutos depois, Didi está estacionando seu carro em uma ladeira, em frente a um sobrado antigo, com muros altos e que ocupa quase metade de um grande quarteirão. Sobre a porta de entrada, uma placa onde se lê *Santo de Pau Oco*.
— É melhor vocês pegarem seus agasalhos.
Didi tem razão.
— Eu não sabia que ventava tanto aqui.
Enquanto Léo e Ana Clara pegam suas jaquetas, um segurança com expressão tensa e desconfiada, que estava do outro lado da rua, vem falar com ela.
— Não pode estacionar aí, não, moça. Aqui é propriedade particular.
É Tiago quem responde ao segurança.
— Eles vão se hospedar na pousada... só vou levá-los pra jantar.
Talvez seja o sotaque de Tiago o que faz o segurança relaxar; se bem que ele ainda mantém a expressão desconfiada.
— Então, desculpe, moça. A senhora quer que eu leve as suas malas para a pousada, enquanto a senhora janta com os meninos?
Um pouco insegura, Didi confere o uniforme do homem. Em seguida, consulta Tiago com um olhar. Tiago acena positivamente. Didi sorri para o segurança, abre o porta-malas, deixa que ele tire as malas de lá, diz seu nome completo para que o segurança saiba em que nome está a reserva, trava as portas do carro e segue ladeira abaixo em companhia de Tiago, Léo e Ana Clara.
— O restaurante é longe, Tiago? Eu também estou faminta.

— Não muito.

A ladeira por onde o grupo desce é toda de casarões coloniais. Depois da pousada, tem um casarão já fechado. É uma loja de artesanato com a placa *Colchas e Roupas de Fuxico*.

— Olha, Didi: fuxico.

Didi se interessa! E se assusta!

— Será que foi aqui que você viu a reportagem na televisão?

— Não. Parecia uma praça.

Tiago tenta ajudar:

— Você deve estar falando sobre a mostra de fuxico que um grupo de bordadeiras fez na cidade, no final do mês passado.

— É isso mesmo.

— A viagem de vocês tem alguma coisa a ver com isso? Desculpa... eu disse que não ia perguntar nada.

É Ana Clara quem responde.

— Tem... e não tem.

Já acostumado com enigmas e respostas que não combinam com as perguntas, Tiago apenas sorri.

— Eta *nóis*!

Depois de mais três casarões comerciais fechados – uma cachaçaria, uma loja de doces e uma agência de passeios ecológicos –, começam os casarões residenciais. Eles estão um pouco menos conservados do que os comerciais. No primeiro deles, tem um homem de cabelos brancos na janela, colocando em um suporte de madeira a imagem de um santo. Ele confere desconfiado a passagem do pequeno grupo e cumprimenta...

— 'Noite!

... e assim que termina de colocar a imagem no suporte,

ele fecha a janela. Em vez de comentar a ação do homem, Tiago continua fazendo as vezes de guia turístico.

– Eu gostaria de levar vocês para comer um leitãozinho à pururuca. Mas é uma comida um pouco pesada para esta hora da noite, quem sabe amanhã... hoje, vamos comer frango com quiabo.

As bocas de Ana Clara e Léo desenham caretas em seus rostos.

– Quiabo?

Conhecendo muito bem o gosto dos sobrinhos, Didi tenta salvá-los.

– Se vocês não quiserem, não precisam comer.
– No restaurante eles servem outros pratos.
– Tem bife com batata frita?
– Tem, Léo.
– Então, tá ótimo.
– Pra mim também.

O restaurante, de fato, fica a poucas quadras. Para onde quer que se olhe, por cima dos telhados dos casarões, se veem algumas pontas de torres de igrejas. Desde que ultrapassaram a Praça Tiradentes, ninguém mais cruzou com o grupo.

– A cidade é sempre assim, vazia, Tiago?

Incomoda um pouco a Tiago dizer o que dirá:

– Nem sempre, Ana. A maioria das pessoas que sai à noite é de estudantes ou de turistas. Como as férias começaram agora, muitos estudantes foram para casa, fora da cidade, e os grupos de turistas ainda não chegaram.

Outras pessoas colocando imagens de santos para fora de casa chamam a atenção de Léo e de Ana Clara, que não falam nada, só cochicham...

– Sempre a mesma imagem, Léo.
– Tô ligado.

O restaurante é um casarão colonial, de paredes altas, decorado com móveis de madeira pesada e lembra uma casa de fazenda. Didi se delicia com o prato que Tiago pediu.

– Esse frango com quiabo está uma delícia.

Léo e Ana Clara trocam olhares de nojo, como se achassem um absurdo o que acabaram de ouvir.

– Por que essas caras?

– Acho difícil essa mistura de frango com quiabo ser uma delícia, Didi.

– Não fale sobre o que não conhece, Léo.

Mais uma vez, Tiago tenta não ser muito didático:

– Tem uma coisa curiosa sobre a cozinha mineira: a maior parte dos pratos vem do tempo dos tropeiros. Os bandos que atravessavam as matas, igual aos personagens do Guimarães Rosa, tinham que misturar os alimentos que levavam para facilitar o transporte e a conservação...

Satisfeitíssimos com seus bifes e batatas fritas, Léo e Ana Clara continuam ouvindo a explicação de Tiago sobre a culinária mineira. As opções de sobremesa do restaurante são doces de mamão, de banana e de goiaba em calda. Na dúvida, todos pedem uma porção com um pouquinho de cada um... que vem acompanhada de grossas fatias de queijo branco. Enquanto Didi e Tiago tomam o café depois da sobremesa, Ana Clara e Léo começam a bocejar.

– Acho melhor a gente ir pro hotel.

Ninguém se opõe à ideia de Ana Clara. Enquanto fazem o caminho de volta, quando já estão bem perto da pousada, avistam mais uma pessoa colocando uma imagem de santo para fora de casa. Trata-se de uma senhora bastante idosa. Ela usa um vestido de chita preto, chinelos de pano gastos e tem a pele toda marcada por rugas. A expressão da mulher é de medo... medo que aumenta quando ela vê passar o grupo.

– O que *ocês quer*?

O sotaque da senhora é mais carregado do que o de Tiago, que responde, usando um tom bem tranquilo.

– Nada não, minha tia... estamos só de passagem.

– *Ocês* são é loucos de sair na rua essa hora...

Como estão bem próximos da senhora, dá pra perceber que a imagem, aparentemente igual às outras que eles viram, na verdade é de uma santa, e não de um santo. A senhora coloca a imagem em um pequeno suporte de madeira e, ao mesmo tempo que se benze, diz:

– Que a Senhora do Pilar proteja *ocês*... e a mim também. Amém!

Em seguida, a mulher entra batendo a porta atrás de si. Um pouco incomodado, Tiago explica:

– Nossa Senhora do Pilar é a padroeira de Ouro Preto.

– E por que esse monte de gente está colocando a imagem dela para fora das casas?

Talvez porque Tiago demore um pouco para responder...

– Crendices!

... a resposta dele interessa – e muito! – a Ana Clara.

– Como assim?

Parece que Tiago preferiria que Ana Clara não tivesse feito essa última pergunta.

– Bobagens.

A curiosidade de Léo também aumenta.

– Que tipo de bobagem?

Tiago não gosta muito do tom dos primos.

– Isso é um interrogatório?

Didi não gosta nada do tom de Tiago e menos ainda de perceber que o assunto fez com que ele começasse a transpirar.

— Qual é o problema em dizer pra gente o porquê de as pessoas estarem colocando a imagem da santa padroeira da cidade para fora de casa?

Fazendo uma expressão ainda mais medrosa do que a senhora de pele enrugada, Tiago diz o que estava evitando...

— ... é para tentarem proteger as casas da procissão dos mortos-vivos.

Ana Clara e Léo sentem um arrepio percorrer seus corpos... mas ninguém tem tempo de questionar a informação de Tiago. O segurança da pousada se aproxima do grupo, segurando as duas malas de Didi e com uma expressão ainda mais desconfiada do que quando os encontrou da primeira vez.

— Desculpe, Dona Mirtes, mas a senhora não vai poder se hospedar na pousada.

4

— Mas... VOCÊ NÃO está entendendo...
— Senhora, por favor.
— ... a senhora não está entendendo: eu viajei o dia inteiro com essas duas crianças e preciso de um lugar para ficar.

A mulher parada ao lado do segurança na porta da pousada Santo de Pau Oco é alta, mais forte do que gorda e tem a pele queimada de sol. A expressão de superioridade e desconfiança dela, ainda mais naquela noite escura e fria, deixa-a gigantesca aos olhos de Didi, Tiago, Ana Clara e Léo. Sem economizar caras e bocas, a mulher-gigante responde a Didi.

— Quem não está entendendo é a senhora.
— Eu fiz uma reserva.
— Só que o seu cartão de crédito não confirmou mais a reserva... porque ele está bloqueado... blo... que... a... do...

O sotaque da mulher não é parecido com o sotaque das outras pessoas da região; ela deve ser de fora... talvez, do Rio de Janeiro.

— Isso é um engano... eu acabei de pagar o jantar com o mesmo cartão.
— Engano ou não, eu não posso aceitar sua reserva.

Sem saber o que fazer, Didi tenta um gesto inútil: mostra à mulher-gigante o celular que ela tem nas mãos.

– Eu já liguei para a operadora de cartão, aqui mesmo na sua frente, várias vezes. Eles só tratam desse assunto, desbloqueio de cartão, até as dezoito horas, ou seja, seis da tarde... ou a partir de amanhã de manhã.

– Eu sei disso, talvez até melhor do que a senhora.

– O que a senhora quer que eu faça?

Depois de um longo e aborrecido suspiro, a mulher-gigante desabafa:

– Que a senhora faça a gentileza de sair da frente da minha pousada. Não quero importunar meus hóspedes.

Ana Clara e Léo estão ansiosos para interferir na conversa. Mas eles sabem que, por enquanto, é melhor deixar Didi tentar resolver o assunto. Afinal, desde que eles saíram de São Paulo ela já disse várias vezes e de muitas formas que é ela quem vai cuidar das coisas práticas da viagem.

– E se eu pagar em dinheiro? Só até amanhã cedo, quando tudo isso ficar resolvido... meus sobrinhos não podem dormir na rua.

– Desculpe, minha senhora, mas eu não posso aceitar, no meio da noite, uma pessoa com um cartão de crédito bloqueado e com duas crianças que nem são seus filhos.

Didi está cada vez mais assustada...

– Eu tenho outros cartões.

... e a mulher-gigante, cada vez mais cheia de razão.

– E a cidade tem outras pousadas.

– Que outra pousada me aceitará, assim, quase meia-noite?

– Esse já é um assunto que não me diz respeito...

Conferindo Tiago, a mulher-gigante tem uma ideia.

– ... quem sabe o seu companheiro possa indicar alguma, já que ele disse que é da região.

A mulher-gigante tem o dom de transformar em hipóteses todas as afirmações que ela ouviu de Didi e de Tiago. Desde que eles chegaram à pousada, com Léo, Ana Clara e com o segurança e foram impedidos de entrar pela gerente – a mulher-gigante –, que só depois de muita insistência concordou em ir até a porta falar com o grupo e explicar o que tinha acontecido: que o cartão de crédito de Didi tinha sido bloqueado.

Vendo que Didi está quase chorando, Ana Clara não consegue mais se conter:

– Vamos tentar outra pousada, Didi.

Léo tem uma sugestão.

– Dá até pra dormir no seu carro, Didi, ele é grande.

– É melhor sairmos daqui.

Concordando – sob protestos! – que Tiago tem razão e que é melhor mesmo sair dali, Didi pega seus sobrinhos pelas mãos. A mulher-gigante orienta o segurança, que continuava por perto.

– Seu Nico, por favor, ponha as malas dessa senhora de volta no carro.

– Sim, senhora.

Assim que Seu Nico segue em direção ao porta-malas do carro, a mulher-gigante fecha a porta da pousada com um pouco mais de força do que o necessário. Didi, Ana Clara, Léo e Tiago também vão para o carro. Usando o controle remoto, Didi abre o carro para que Seu Nico guarde as malas. O clima está mais confuso do que tenso. Didi não sabe o que fazer... Aparentemente, nem Tiago.

Ana Clara tenta reconfortar a tia.

– A gente arruma outra pousada.

Seu Nico, que já tinha terminado de guardar as malas, se aproxima um tanto quanto tímido...
– *Cença*!
Didi pensa que ele quer uma gorjeta.
– Era só o que me faltava.
Entendendo o que Didi pensou, Seu Nico balança a cabeça negativamente, mostrando que não é por isso que ele está ali. Em seguida, ele chega mais perto e só depois de conferir se a porta da pousada continua fechada, Seu Nico começa a falar:
– Desculpa, moça... mas, pelo que eu entendi, acho que vai ser difícil a senhora conseguir um lugar pra ficar na cidade.
Não há muita novidade no que o Seu Nico acaba de dizer. O que chama a atenção de Didi é o tom misterioso que ele usa para falar. Tanto chama a atenção que Léo, Ana Clara e Tiago chegam mais perto dele.
– Por quê?
Conferindo mais uma vez a porta da pousada, Seu Nico fica um pouco mais seguro:
– Eu posso até perder o meu emprego por falar isso, mas eu tô vendo que a senhora é gente boa... e eu tô com dó das crianças.
Claro que a possibilidade de uma informação interessa Didi, mais do que o elogio.
– Falar o quê?
Mesmo sendo grande a curiosidade de Ana Clara com o que Seu Nico dirá, ela prefere dividir a sua atenção entre a resposta dele e uma outra coisa que também a está intrigando. Uma sensação... o coração da garota começa a bater mais forte... ela sente o seu rosto ficar mais quente... e algo dentro de Ana Clara pede que ela fique atenta ao redor. Enquanto isso, Seu Nico continua:

— A dona da pousada não ligou pra lugar nenhum.
— Não?
A rua está bastante escura, mas Ana Clara vê algo se mexer na esquina.
— Didi...
— Espera, Ana.
— ... uma sombra...
Didi está mais interessada da história de Seu Nico do que no que a sobrinha tem a lhe dizer.
— Seu Nico está falando, Ana.
— O que aconteceu foi outra coisa, dona...
— ... vamos sair daqui, Didi.
Pela maneira definitiva e grave com que Ana Clara fala, é impossível não prestar atenção no que ela está dizendo. Quem fica indiferente à interrupção de Ana Clara é Seu Nico, que continua...
— ... assim que eu entrei, alguém telefonou pra pousada e, pelo que eu pude entender, fez uma ameaça, caso a dona da pousada deixasse a senhora ficar aqui.
— Olha, Didi...
Agora é Léo quem vê o que era uma sombra transformar-se em um vulto... ou, pior, dois vultos...
— Os Metálicos, Didi!
Didi olha para a esquina e confirma. Tem dois homens brancos, altos, magros, fortes, vestindo ternos cinza metálico e usando óculos escuros — mesmo isso podendo parecer absurdo àquela hora da noite e com aquela quantidade mínima de luminosidade. São eles! Os Metálicos! Parados e conferindo atentamente Didi e seu grupo.
Tremendo, Didi destrava a distância as portas do carro, ao mesmo tempo que orienta:
— Pro carro... rápido.

Enquanto segue para o carro, ela pede, aflita, a Seu Nico:

— Por favor, se o senhor puder, não deixe esses homens virem atrás da gente.

— Sim, senhora.

Tiago entende que a situação deve ser grave e segue Didi e seus sobrinhos, ainda que ache tudo um pouco estranho. Didi dá a partida, antes mesmo de Tiago fechar sua porta.

— O que está acontecendo, Didi?

Quem responde é Ana Clara, Didi só consegue dirigir na direção contrária aos Metálicos, que continuam parados.

— Ajude a gente a sair daqui, rápido...

Léo completa a prima:

— E, se possível, por um caminho que esses caras não possam seguir a gente.

O carro de Didi está descendo a ladeira a alguma velocidade.

— No final dessa ladeira, vire à direita e suba a primeira ladeira que aparecer, Didi, mas vá mais devagar.

— Eu não posso ir devagar.

— Se você continuar assim, em poucos minutos a polícia vai estar atrás de nós...

Ao mesmo tempo que desacelera, Didi quase grita:

— Polícia, não!

Se tudo já estava um tanto quanto estranho para Tiago, agora, que Didi mostrou que a polícia a assusta, as coisas ficam ainda piores! E ele teme pela sua segurança. Entendendo até mesmo antes do que ela que Didi exagerou, Ana Clara fala com Tiago tentando socorrer a tia.

— Nós não estamos fugindo da polícia, Tiago... assim que chegarmos a algum lugar, eu prometo que conto tudo.

— Quero só ver, Ana.

A ladeira que Tiago indicou para subir é mais inclinada do que a ladeira que o carro de Didi acaba de descer. Os pneus de trás começam a derrapar. Didi tem que diminuir a marcha para o carro continuar em movimento.

— Além da ladeira ser íngreme, o chão está liso...
— É por causa do sereno.

Conferindo que o carro, aparentemente, não está sendo seguido, Léo tenta acalmar Didi.

— Acho que os Metálicos não vieram atrás de nós, Didi... devem estar nos dando linha pra ver aonde é que nós vamos...
— É melhor não arriscar, Léo, os Metálicos podem estar armando coisa pior.

Agora Tiago já consegue participar da fuga com um pouco mais de tranquilidade; ou, pelo menos, com tranquilidade suficiente para ter uma ideia:

— Se precisamos escapar de alguém, é melhor sair da cidade.
— Sair da cidade?
— Lá em cima, no final dessa ladeira, tem um acesso que vai dar na estrada que leva a Mariana, outra cidade histórica que tem ao lado de Ouro Preto.

No alto da ladeira, o clima no carro fica um pouco mais tranquilo, mas a ideia de Tiago espalha desconfiança:

— A menos que vocês tenham uma ideia melhor...

Ninguém consegue dizer nada. Tiago continua:

— ... não vão me dizer que estão com medo da minha sugestão?

Mais silêncio. E Tiago...

— Se tem alguém aqui que deveria estar com medo sou eu... ou não?

Didi resolve parar o carro... e o faz em frente a uma igreja que fica no alto do morro.

Talvez seja para fingir um pouco de normalidade que Léo tenha se interessado tanto pela igreja que tem uma escadaria em frente, duas torres com sinos e um cruzeiro e é pintada de amarelo e branco.

– Que igreja é essa, Tiago?

Claro que Tiago ignora a pergunta de Léo. Ele continua interessado em uma resposta à sua própria pergunta. Já que ninguém responde, Tiago encara Ana Clara.

– Você disse que me contaria tudo, Ana Clara... com um pouco desse tudo, eu já ficaria um pouco mais tranquilo.

Ana Clara começa dizendo que acha que Tiago tem razão...

– ... duas vezes razão... acho que o Tiago já deu razões suficientes para a gente confiar nele.

Léo fica preocupado:

– Se liga, Ana.

Ainda um pouco assustada com a fuga, Didi mostra que concorda mais com Ana Clara do que com Léo.

– O que eu faço para ir até Mariana, Tiago?

Talvez usando a estratégia de atacar para se defender, Léo insiste.

– Didi, o Tiago também deve uma explicação.

Tiago não gosta nada do que ouviu de Léo.

– Qual explicação?

– Se liga, Didi: o porquê de ele ter ficado tão nervoso quando falou sobre a procissão dos mortos-vivos.

Mesmo achando que Léo tem alguma razão no que disse, isso não interfere na decisão de Didi:

– Neste momento, Léo, acho que nós é que estamos mais em falta com o Tiago.

Soa muito bem a Tiago a reação de Didi, que termina repetindo sua pergunta:

— Como eu faço para ir até Mariana?
— Continue em frente... eu vou indicando o caminho.

Depois de dar a partida, Didi confere Ana Clara no banco de trás, pelo espelho retrovisor.

— Pode abrir o jogo com o Tiago, Ana.
— Não, Didi.
— Léo... eu sei que a sua intenção é a melhor possível...
— Quando o Léo empaca com uma ideia, Didi...
— Menos, Ana. Não é hora de brigar... conte tudo ao Tiago.

Já um pouco mais relaxado, Tiago olha para Léo, antes que Ana Clara comece a falar.

— Aquela igreja que você tinha perguntado, Léo, é a igreja de Santa Ifigênia. De lá dá pra ver quase toda a cidade. Dizem que foi construída pelos escravos com o dinheiro que eles juntaram nas minas de ouro.

— Os escravos recebiam ouro para trabalhar nas minas?
— Não...

A maneira como Tiago fala sobre a igreja deixa claro que ele está usando o tempo de sua própria fala para relaxar...

— ... mas os escravos voltavam das minas de ouro para as senzalas com os cabelos e as unhas cheios do pó de ouro... você vai ouvir aqui muitas histórias envolvendo o ouro, as minas de ouro e as pessoas que fazem ou fizeram de tudo por esse ouro...

... mais do que para relaxar, Tiago está usando o tempo de sua fala para organizar as ideias que passam pela cabeça dele.

— ... dentro da igreja, há uma sutil mistura de elementos da religião católica com os búzios, que são do candomblé... tomara que vocês tenham tempo para conhecer essa igreja. Vale a pena.

O interesse de Léo pela história que ele ouviu de Tiago — e a história que ele deve ter criado em sua cabeça, com os detalhes do que Tiago disse! – deixam o garoto um pouco mais calmo.

– Valeu, Tiago.

Ana Clara também se interessou pelo que ouviu, mas nesse momento ela prefere arrumar uma estratégia para tentar manter Tiago do lado deles, em vez de usar sua imaginação para criar histórias de escravos e minas de ouro e de pessoas interessadas no ouro das minas.

– Será que agora eu posso explicar pro Tiago o que nós estamos fazendo aqui?

Fazendo uma pequena pausa para aumentar o suspense e também para encontrar para sua fala um tom enigmático e que ao mesmo tempo faça Tiago acreditar nela, Ana Clara respira fundo... e...

– Tudo começou em Salvador...

Entre as muitas e perigosas curvas de uma estrada estreita, mal-iluminada e que corta uma montanha escura, Ana Clara resume para Tiago a viagem que ela, Didi e Léo fizeram a Salvador.

– ... viagem em que a Didi desapareceu no Mercado Modelo...

... e quando Ana Clara e Léo tiveram que revirar a cidade em várias direções para tentar encontrar Didi...

– ... e sendo seguidos...

... e sabendo que Didi estava correndo um terrível perigo.

– Perigo?

Tiago ouve a tudo atento, mas também prestando atenção no caminho que ele precisa continuar indicando para Didi.

– Só um minuto, Ana... Didi, naquela bifurcação ali em frente você vira à esquerda. Cuidado que tem um trecho de terra e pode ter animais na pista. Que terrível perigo era esse que Didi corria em Salvador, Ana?

Ana Clara sente um arrepio que faz com que ela pense duas vezes antes de continuar:

– É melhor você falar, Didi.

– Um grupo de homens vestidos como aqueles dois que apareceram na pousada agora há pouco, raptaram a mim e a outras pessoas, nos levaram para uma fazenda no sul da Bahia e nos mantiveram dormindo a maior parte do tempo, enquanto, parecia, juntavam o restante das pessoas de que eles precisavam para fazer alguma coisa...

– Como assim, fazer alguma coisa?

– Certamente eles tinham um plano para nós. Mas não puderam colocar esse plano em ação...

Percebendo que Didi pretende continuar falando e temendo que ela fale demais, Ana Clara se atreve mais uma vez:

– E ninguém nunca ficou sabendo o que eles queriam...

Mais uma pausa para Ana Clara aumentar o suspense...

– ... até o dia que alguém começou a ameaçar Didi pelo celular e pelo *e-mail* dela, dizendo que tinham encontrado ela de novo... e que ela seria raptada novamente... e para sempre... e que eu e o Léo também seríamos raptados...

Não entendendo muito bem essa última fala de Ana Clara – como se ele desconhecesse essas ameaças! –, Léo tenta falar. Mas a prima dá uma sutil, porém definitiva, cotovelada no primo. Cotovelada que faz com que o garoto se preocupe mais em contar as estrelas que surgem na sua frente do que em se intrometer novamente. Aparentemente, Tiago não percebe nem a cotovelada nem a reação de Léo, tamanha é a surpresa dele com o que acaba de ouvir. Ana Clara continua...

— ... aí, Tiago, eu estava outro dia assistindo a um telejornal e vi uma reportagem sobre as bordadeiras de fuxico, aqui em Ouro Preto... e a exposição que elas estavam fazendo... por acaso, eu reconheci um dos Metálicos, é assim que nós chamamos eles, que tinham perseguido eu e o Léo em Salvador... eu nunca me esqueceria daquela cara horrível.

Tiago precisa de alguns segundos para tentar entender pelo menos parte do que acaba de escutar.

— Eles raptaram a Didi e vocês foram perseguidos por eles?

— Porque, de alguma maneira, colocamos a cidade de Salvador atrás deles...

— ... e atrapalhamos os planos dos caras, tá ligado?

— E por que vocês vieram atrás deles?

Ana Clara consegue ser rápida.

— Para eles não irem atrás de nós.

— Isso não é um pouco absurdo?

É a vez de Didi responder:

— Desde que esses caras me raptaram, Tiago, eu não sou mais a mesma... tenho tido pesadelos terríveis... e acho que só vou me livrar disso se por acaso eu conseguir, dessa vez, desmascarar esses caras, colocá-los na cadeia, entende?

Alguma coisa ainda está soando estranho para Tiago. Léo e Ana Clara também continuam confusos com o que ouviram de Didi.

— Não é muita pretensão de vocês, não?

Didi tenta não exagerar muito no tom dramático de sua resposta para ela não soar muito falsa.

— Prefiro chamar de desespero.

— Será que isso tem alguma coisa a ver...

A pausa enigmática de Tiago interessa muito mais do que o que ele vinha falando.

– O quê, Tiago?

– Eu disse a vocês, Léo, que a mostra de fuxico das bordadeiras tinha terminado...

Essa segunda pausa de Tiago, então, é ainda mais intrigante para quem o ouve.

– E não foi?

– Não, Ana... Na verdade, a mostra foi interrompida... foi cancelada porque cinco das bordadeiras tiveram que ser internadas às pressas...

O carro de Didi volta a andar por uma pista de asfalto. Ainda bem! Assim ela pode prestar menos atenção no caminho e mais na conversa.

– Internadas?

– ... internadas e transferidas para um hospital na capital, Belo Horizonte.

– Internadas por quê?

– Eu não sei muito bem... na verdade, ultimamente, eu só venho à cidade para dormir, e não tenho me envolvido muito nos assuntos da comunidade. Eu só sei que o médico que tratou delas identificou sintomas de alguma síndrome.

– Mas isso, a internação dessas mulheres, não foi divulgado?

– Mais ou menos.

– Pelo visto, menos.

– Acho que as bordadeiras ficaram com medo de assustar ainda mais os turistas.

O fato de Tiago ter acrescentado à sua última explicação as palavras *ainda* e *mais* passou despercebido para Léo e Didi, mas não para Ana Clara! Assim como não passa despercebido que parece que Tiago se arrependeu de ter dito essas duas palavras.

– Assustar ainda mais?

Virando o pescoço para trás, Tiago tenta um falso tom de normalidade.
— Eu disse isso?
Ana Clara arregala um pouco mais os olhos para deixar ainda mais claro que ela tem certeza de que ouviu o que acaba de repetir.
— Disse, sim.
E Tiago percebe que não terá outra alternativa, a não ser dizer a verdade:
— Acho que agora eu vou ter que falar para vocês sobre a procissão dos mortos-vivos...
O susto dela é tão grande que Didi dá uma brecada, sem nem ao menos conferir se vem algum carro atrás do dela. Sorte que não vem.
— Desculpem... eu estou muito assustada... você se incomoda de continuar dirigindo, Tiago?
— Melhor não... nós já estamos chegando.
Com o carro voltando a se movimentar, Didi, Ana Clara e Léo escutam a explicação de Tiago para uma história que tem aterrorizado os moradores de Ouro Preto e da região... Ana Clara e Léo estão disputando aos empurrões o espaço entre os dois bancos da frente.
— Se liga, Ana.
— Se liga, você. Eu também quero escutar.
— Ninguém escuta com os olhos.
— Então, volta pro seu lugar.
Sem perder o interesse, Didi mostra a sua autoridade.
— O Tiago não vai dizer mais uma palavra, até que vocês dois se sentem de novo... e recoloquem os cintos de segurança. Nós estamos em uma estrada.
Só depois de conferir que o pedido de Didi foi atendido é que Tiago continua:

— Andam dizendo que há um grupo de mortos-vivos vagando pelas ruas da cidade...

A pausa de Tiago soa um pouco sem sentido. Especialmente para Léo.

— Mas... e daí?

— ... esses mortos-vivos seriam escravos e escravas que trabalharam como mineradores e que morreram nas minas de ouro da região...

Léo continua não vendo muito sentido nessa história.

— ... e daí?

— ... eles estariam voltando, para pegar de volta todo o ouro que tiraram das minas...

— Mas esse ouro ainda está aqui?

— Claro que não, Ana... a maior parte dele, na época da extração, foi levada para a Europa... mas esses escravos são assombrações... mortos-vivos... quem é que vai dizer isso pra eles?

— Então, o que essas assombrações fazem?

— Eu não sei... eu não tenho muito tempo... nem vontade... para apurar os detalhes dessas histórias, Léo... mas ela é a lenda da vez... de tempos em tempos, aparece na região uma história assustadora... só que agora a história está crescendo e as pessoas estão ficando aterrorizadas... cada um que disse ter visto a procissão descreve-a de uma maneira mais terrível...

Algo no que Ana Clara ouviu de Tiago a deixa mais intrigada:

— E como as outras histórias acabaram, Tiago?

Fingindo um descaso que nem de perto está sentindo, Tiago abre um sorriso amarelo pálido-desespero...

— ... cada uma de um jeito mais maluco do que a outra, Ana... lendas são lendas. Tem mais um problema: tudo o que acontece de errado, ou de ruim, as pessoas estão dizendo que é por causa da maldição dos mortos-vivos e, por causa dessa tal procissão, as comunidades de Ouro Preto e Mariana cancelaram até as festas de rua que se estendem pelo mês de julho. Essas festas, além de terem forte aspecto religioso, ajudam as pessoas a ganhar algum dinheiro.

E, prestando mais atenção nas ruas calçadas de pedra do bairro onde o carro de Didi acaba de chegar, Tiago indica:

– ... esta é Mariana...

São casarões coloniais praticamente iguais aos casarões mais simples de Ouro Preto...

– ... foi a primeira vila fundada em Minas Gerais e é bem mais tranquila do que Ouro Preto...

As ruas de Mariana são planas e estão completamente desertas.

– ... é na Igreja da Matriz da Sé que fica o morador mais ilustre de Mariana: um órgão alemão que chegou em 1752 e ainda é usado...

O comportamento de Tiago chama a atenção de Didi.

– Não está um pouco tarde para falarmos em órgãos, não, Tiago? Nós estamos morrendo de sono...

– ... em Mariana tem mais uma igreja importante: a Igreja de São Francisco de Assis, construída com pedras-sabão e...

– Em que direção ficam os hotéis, Tiago?

O silêncio que Tiago faz fala ainda mais alto do que a expressão que se desenha em seu rosto.

– Por que essa cara, Tiago?

Expressão que lembra aquelas que fazem os cachorros quando quebraram o vaso de seus donos... ou fizeram alguma coisa errada.

– Quando eu falei sobre a direção dos hotéis...

Didi começa a entender algo...

– ... você...

... algo que desagrada a Didi profundamente...

– ... não tem nenhum hotel em Mariana, Tiago?

Léo e Ana Clara também estão achando o comportamento de Tiago bem estranho. Ainda mais envergonhado, Tiago é obrigado a responder:

– Até tem... mas é pouco provável que eles abram as portas para vocês a esta hora.

O carro de Didi chega a uma bela praça como poucas existentes atualmente no Brasil: muitas árvores centenárias, bancos de ferro e coreto de madeira bem conservados.

– Então, por que você trouxe a gente até aqui?

– Você já vai saber, Ana Clara... é melhor parar o carro na praça, Didi.

Sem saber o que fazer, Didi atende ao pedido de Tiago. Pedido feito em um tom um tanto quanto frio e pouco amigável.

5

—DESLIGUE OS FARÓIS.

Didi prefere não atender a mais esse pedido de Tiago. Talvez para tentar mostrar que ela não está totalmente nas mãos dele. Há mais uma razão para Didi não desligar os faróis:

— A noite, aqui em Mariana, está ainda mais escura do que em Ouro Preto. É melhor mantermos um pouco de luz.

— Mas assim podemos atrair os tais Metálicos.

— Meu carro é o único parado nesta praça, Tiago. Não tem como não chamar atenção.

Pela frieza como ela fala, Tiago percebe que, além de preocupada com o que acontecerá, Didi está decepcionada com ele.

— Se você preferir, Didi, nós podemos continuar rodando pela cidade.

— Eu prefiro que você acabe com isso de uma vez.

Quando perceberam que tinha alguma coisa errada com Tiago — e sem saberem que coisa é essa —, Ana Clara e Léo resolveram manter em ação a estratégia "silêncio absoluto". A garota usou a caneta com a qual ela e Léo estavam preenchendo as palavras cruzadas, no caminho de Ouro Preto, para escrever nas bordas da página da revista a mensagem

"bico calado, certo?". Léo concordou com a sugestão da prima com um mínimo aceno de cabeça.
— Você está falando de um jeito, Didi...
— Por que você pediu que eu parasse o carro, Tiago? Por que você nos trouxe até Mariana? Por que...
— Você deveria começar as perguntas pela origem de sua dúvida.

O tom de voz de Tiago não está mais tão frio e pouco amigável. Na verdade, está voltando ao normal... e quase faz com que Didi acredite que Tiago continua sendo aquele historiador simpático que ela conheceu há poucas horas e em quem achou que poderia confiar. Isso deixa Didi quase tranquila novamente.
— E qual é a origem da minha dúvida?
— "Por que eu me coloquei no seu caminho", por exemplo.

Mais uma vez, o medo afasta Didi da confiança que ela estava trazendo de volta.
— Então, você não é um historiador?
— Claro que sou... você é que não é uma pesquisadora dos índios TUTU.

Silêncio. Dois segundos depois, Tiago continua:
— Eu pesquisei o seu trabalho na internet, Didi, e sei que você trabalha com os povos africanos que vieram para o Brasil... aliás, faz um ótimo trabalho.
— Voltamos à origem da nossa dúvida: por que você se colocou no meu caminho?
— Porque eu preciso que você me ajude.
— E pra isso você...
— Eu o quê?

Seria muito mais fácil para Didi se ela pudesse completar a sua frase com "... me raptou"... "... me sequestrou";

mas, pelo andamento de sua conversa com Tiago, Didi não está se sentindo tão ameaçada. E mais: Tiago acaba de dizer que precisa da ajuda dela. Vendo que Didi não pretende responder a sua pergunta, Tiago resolve ser quase didático:

— Eu tirei vocês de Ouro Preto para tentar protegê-los dos tais Metálicos... a minha ideia é, ou pelo menos era, hospedar vocês esta noite na casa da minha família, que fica aqui em Mariana... e...

Léo não se contém:

— Você não disse que morava em Ouro Preto?

Tiago se aborrece um pouco com o tom arrogante de Léo.

— E a sua tia não disse que estava vindo pesquisar os índios TUTU, na universidade que fica lá em Belo Horizonte... e a mais de uma hora daqui?

Desta vez, Ana Clara não repreende Léo pela intromissão. Pelo contrário, ela também se intromete:

— Mas é diferente.

— Diferente por quê, Ana?

— Porque nós sabemos muito bem o que estávamos escondendo com essa mentira.

— E eu sei muito bem o que eu estava escondendo com a minha mentira... é só uma questão de ponto de vista.

Para falar com Léo e Ana Clara, Didi volta-se para trás. Ela não usa um tom de bronca.

— Deixem que o Tiago termine o que começou a falar.

Depois de conferir que os sobrinhos de Didi resolveram atendê-la, Tiago continua falando – com alguma dificuldade, é verdade –, como se para ele fosse difícil dizer o que dirá...

— Resumindo: hospedando vocês na casa da minha família, eu vou matar dois coelhos com uma caixa-d'água só...

— Não é caixa-d'água...

— Eu sei que o ditado é "cajadada", Léo, mas desde pequeno a minha avó me ensinou a falar diferente, para poupar um pouco os coelhos...

O último comentário de Tiago faz Didi desconfiar que ele pode estar se divertindo às custas dela... ou que Tiago seja algum tipo de lunático...

— O que é que os coelhos e a sua avó têm a ver com isso?

— Os coelhos, nada... mas eu me aproximei de vocês a pedido de minha avó...

Os primos, no banco de trás, sentem o típico e premonitório arrepio!

— A minha avó disse que só você, Didi, poderia nos ajudar e, se você estivesse com os seus sobrinhos, seria melhor.

— Ajudar em quê?

— Ela não disse.

— Como não disse?

— Ou melhor, ela disse que não ia me dizer... pra me proteger... eu sou só um mensageiro do recado de minha avó.

Didi pode estar duvidando do que Tiago está dizendo. Léo e Ana Clara, não. Afinal, eles já receberam mensagens de portadores ainda mais inacreditáveis do que um historiador mineiro e com uma barbichinha rala. Léo pensa em lembrar isso a Didi, mas acha melhor não dizer nada. Mesmo visivelmente desconfiando do que dirá, Tiago completa:

— A minha avó disse que se eu falasse só isso, vocês iam entender.

Provavelmente é o tom de descrença do próprio Tiago que faz com que Ana Clara acredite tanto nele.

— Onde está a sua avó agora?

— Em casa... ela só não sabe que eu já consegui conversar com vocês e trazer vocês até aqui...

Depois de pensar em algo, Tiago resolve se corrigir:
— ... quer dizer, do jeito que a Dona Bendita é, ela já deve saber.
— Dona Bendita?
— É o nome da minha avó, Léo.
— O que você quis dizer exatamente com "do jeito que a Dona Bendita é"...

Em vez de responder, Tiago olha para Ana Clara, como se soubesse que com seu olhar diria muito mais do que se usasse palavras. É hora de alguém ser prático. Didi tenta...
— Você quer nos levar para dormir na casa de sua família e para conversar com sua avó, que nos mandou um recado, ou melhor, meio recado, é isso?
— Dormir na casa de minha família é uma coisa... falar com a minha avó é outra.
— Você é que pensa, Tiago.
— E penso certo, Léo. Falar com a minha avó, provavelmente, só amanhã. Dona Bendita se deita na hora em que o sol se põe e, como dizem por aqui, acorda com as galinhas, quando os galos começam a cantar.

Tem alguma coisa de diferente em Didi quando ela volta a falar... ela usa um tom tão tranquilo que até parece que tem plena certeza de que aquilo que está armando – seja lá o que for! – é o melhor.
— Quem mais mora em sua casa, Tiago?
Tiago pensa muito bem no que dirá:
— Atualmente, só eu e minha avó.
Ninguém questiona o "atualmente" do começo da frase de Tiago.
— Por favor, me indique o caminho de sua casa.
— É bem perto... aqui em Mariana, não tem nada longe.
— E o resto da sua família, Tiago?

Mesmo a distância entre a praça e a casa da avó de Tiago não sendo muito grande – são apenas cinco quadras –, ela é suficiente para que ele aproveite a pergunta de Léo para fazer um breve resumo de sua história.

– Eu não conheci o meu pai e a minha mãe morreu quando eu era ainda bebê... Didi, pare em frente daquela casa verde.

– Estou adorando estacionar nessas cidades cheias de vagas.

Trata-se de um casarão térreo, simples, com a pintura gasta e sem recuo da rua. Ele tem as paredes rentes ao calçamento.

– Como eu estava dizendo, Léo, eu fui criado pela minha avó, que só tem uma irmã, que mora em Juiz de Fora, e...

Enquanto Didi estaciona em frente ao casarão, algo na fachada da casa chama a atenção dela.

– A casa de sua avó não tem porta, Tiago?

Todos os olhos se voltam para conferir o óbvio: as portas do casarão estão abertas.

– Não é possível...

Tiago se desespera...

– ... Vó Bendita!

Ele abre a porta do carro e pula na rua indo em direção à casa, enquanto Didi conclui sua manobra.

– Cuidado, Tiago!

Ainda sem entender muito bem o porquê de estar fazendo isso, Ana Clara pede a Didi:

– Fique com a marcha engatada, Didi.

Didi atende ao pedido da sobrinha, enquanto os três que estão no carro acompanham as luzes se acenderem dentro do casarão. Com o silêncio da noite, dá para ouvir perfeitamente a voz aflita e sussurrada de Tiago chamando por sua avó.

— ... Vó Bendita... Vó... a senhora está aí? Vó...
A cada insistência, a voz de Tiago fica mais aflita... e o clima dentro do carro, mais tenso.
— A avó do Tiago não está aí.
Os olhos de Didi e de Léo se voltam para Ana Clara.
— Como você sabe, Ana?
A garota está distante...
— Não sei como eu sei, mas eu tenho certeza absoluta do que estou dizendo.
A voz dela está mais calma... os olhos, mais tristes.
Totalmente pálido e com duas lágrimas quase transbordando no canto dos olhos, Tiago sai do casarão e volta para o carro.
— Levaram a minha avó... e, pelo visto, às pressas...
Só agora Léo, Ana Clara e Didi percebem que Tiago segura um pé de chinelo de pano bastante desbotado e com flores desenhadas.
— Ela deixou cair este chinelo... tiraram a minha avó da cama e provavelmente não deixaram nem ela levar um casaco... ela está muito velhinha... se pegar uma pneumonia...
Não é preciso que Tiago enxugue as lágrimas. A raiva que ele começa a sentir faz isso por ele.
— ... eu não devia ter deixado minha avó tanto tempo sozinha!
Mais uma vez, Ana Clara fala usando um tom de voz enigmático mas tão enigmático, que é como se não fosse ela quem estivesse falando:
— Não ia adiantar nada, Tiago.
— Como não, Ana?
— Quem levou a sua avó ia fazer isso de qualquer jeito.
Tiago prefere ignorar Ana Clara.

– Eu tenho que encontrar minha avó.

Mas Ana Clara não quer ser ignorada.

– Nós temos que encontrar a sua avó, Tiago... senão todos estaremos perdidos... provavelmente, o que fez a sua avó desaparecer tem a ver com a razão que trouxe a gente de São Paulo até aqui.

Está difícil para Tiago ver alguma lógica no que está ouvindo.

– Eu vou até a delegacia.

– Não faça isso, Tiago... pelo menos, não por enquanto.

– Eu não estou entendendo nada do que está dizendo, Ana.

– O desaparecimento pode ser uma coisa bem mais séria do que um caso de polícia.

– E o que pode ser mais sério do que um caso de polícia?

– Tem a ver com os Metálicos. Vamos deixar para chamar a polícia quando tivermos mais coisas para dizer a eles.

Em vez de se acalmar, Tiago fica mais assustado!

– Então, por favor, me digam o que vocês já sabem.

– Se você for até a polícia agora, pode ser que nunca mais veja a sua avó.

Aos olhos de Tiago, tudo continua absurdo...

– E por que eu confiaria nas coisas que está dizendo, Ana?

– Pela mesma razão que atendeu ao pedido de Dona Bendita e foi procurar Didi.

– Que razão é essa?

– Respeito ao que você não conhece... mas sabe que existe.

– Vocês conhecem a minha avó, Didi?

– Não.

Silêncio para Tiago pensar um pouco no que ouviu... até que ele é rápido.

– Afinal, quem são vocês?

Esse é um ótimo momento para Ana Clara, mais uma vez, responder para Tiago só com um olhar. Olhar que acaba desarmando Tiago...

– Você é uma garota maluca.

Ana Clara sorri e dá um beijo no rosto de Tiago.

– Obrigada por confiar em mim... eu te prometo que nós vamos achar a sua avó e esclarecer tudo isso.

– O que você é, Ana?

– Como assim?

– Você é algum tipo de bruxa?

– Quem me dera...

Tiago olha para Didi, que sorri.

– Por mais que me doa dizer isso, Tiago, pode confiar no que a Ana Clara diz.

– Então, o que a bruxa atrevida quer que eu faça?

– Você poderia começar arrumando um lugar seguro para passarmos a noite... não pode ser a sua casa... quem sabe, alguma pousada afastada do centro... e que nos aceite a esta hora, claro.

Imediatamente, Tiago se lembra de um casarão encravado em uma montanha.

– O Solar do Breu.

– Onde é que fica?

– Em uma das montanhas aqui de Mariana... só se chega lá por uma estrada de terra, que é péssima... mas o carro da Didi aguenta.

– Se a estrada for muito ruim, eu prefiro que você dirija, Tiago.

É se engasgando com a própria saliva que Tiago tenta se livrar do pedido que Didi acaba de fazer.

– Eu... eu fiquei muito estressado com o sumiço da...

– É a segunda vez que eu peço pra você dirigir...

Didi não precisa nem continuar o raciocínio, só concluir:
- ... você sabe guiar, Tiago?
Como se tivesse a metade da idade de Léo ou de Ana Clara, Tiago responde envergonhado.
- Não.
- E o roubo do seu carro?
- Foi mentira... eu nunca tive carro. Foi estratégia de aproximação.
A confissão de Tiago aborrece Didi.
- Mais uma mentira descoberta.
A bronca de Didi aborrece Tiago.
- E você, tem mais alguma mentira para eu descobrir?
Broncas empatadas! Tiago começa a indicar para Didi o caminho para o Solar do Breu. A estrada é pior do que Didi tinha pensado...
- Está derrapando muito.
... e, quanto mais se sobe por ela, mais escorregadia e inclinada a estrada fica... qualquer vacilo de Didi e o carro pode cair na ribanceira... e como a estrada é malconservada! As pontas dos galhos das árvores invadem a pista e chicoteiam os vidros do carro. Como a noite está muito escura, a cada bifurcação Didi tem que parar para Tiago conferir qual direção seguir.
- Ainda bem que os faróis do seu carro são fortes, Didi. Faz tanto tempo que eu não subo para esses lados que está difícil reconhecer o caminho.
- E se nós estivermos na montanha errada?
- Não se preocupe, Léo... a montanha é esta. Eu só não quero entrar num caminho errado... pode ser perigoso.
Léo se interessa:
- Perigoso como?
- Onças... nestas montanhas ainda tem onças.

Quando Léo vai conferir se Ana Clara se animou tanto quanto ele com a possibilidade de encontrarem onças-pintadas pelo caminho, o garoto depara com a prima distante...
– Ana?
... pensando em sabe-se lá o quê.
– Ana?
– O que foi, Léo?
Nem é preciso que Léo pergunte se Ana Clara ouviu Tiago falar sobre as onças. Ela não ouviu.
– Deixa pra lá.
Tiago continua tendo dificuldades com as bifurcações...
– Não, Didi... à direita não...
– Mas você tinha falado...
– ... entre à esquerda.
Além de mais escuro, o alto da montanha é também mais frio.
– Se a noite estivesse estrelada, seria bem mais fácil encontrar o caminho.
Quando já não há mais quase muito para onde subir, Tiago avisa:
– Pode ir um pouco mais devagar... acho que estamos chegando.
– Ainda bem... meus braços estão doendo de tanto controlar a direção pra não cair no penhasco.
Como os olhos dos quatro já estão bem acostumados à escuridão, todos avistam um enorme casarão de pedra no final da rua de terra onde estão. Algumas tochas cravadas na parede do casarão tentam iluminá-lo. Tentam!
A maioria foi apagada pelo vento.
– Eu esqueci de avisar: aqui não tem luz elétrica.
– Tem certeza que é aqui, Tiago?

O farol do carro ilumina uma placa próxima ao gramado que fica em frente à casa. Na placa: *Solar do Breu*.
– Agora tenho... mais devagar, Didi.
– Mas eu estou a menos de vinte.
– Você não está vendo...?
– Vendo o quê?
– ... em volta do carro?

Fixando a vista em volta, todos podem ver que cachorros muito mal-encarados e com o pelo preto acompanham o carro em silêncio. Léo conta...
– um... dois... três... cinco... sete... oito... uau... oito pastores-alemães...
– Prontos para defender a propriedade com garras e dentes.
– E por que eles não latem?
– Deve ser pra não acordar os hóspedes.

Ana Clara confere o sinal de seu telefone celular.
– O celular tá sem sinal, Didi.

No gramado há três carros estacionados.
– Pare ao lado daquele carro vermelho, Didi... e vamos esperar alguém da pousada aparecer.... não dá para sair do carro com esses cachorros soltos.

Não é preciso esperar muito. Enquanto Didi estaciona no lugar onde Tiago indicou, um vulto segurando uma lamparina aparece na varanda da casa. Um homem alto e não muito velho olha para o carro. Ele está um tanto quanto desconfiado e usa calça *jeans*, botas, casaco de lã e um chapéu de vaqueiro na cabeça. Didi desliga o motor. Os cachorros rosnam e se colocam em posição de ataque.
– Acende a luz de dentro do carro, Didi, por favor.

Assim que Didi atende a mais esse pedido de Tiago, ele faz um sinal para verificar se o homem parado na varanda o vê.

— Ele já me viu, mas não me reconheceu... Eu conheço ele, de Mariana, só não me lembro do nome. Ana Clara e Léo, apareçam no vidro e façam sinal para ele ver que tem crianças no carro!

Protestando por serem chamados de crianças mais uma vez, Léo e Ana Clara fazem sinais para o homem da varanda. Ao vê-los, o homem com chapéu de vaqueiro solta um som que sinaliza aos cachorros que é para eles pararem de rosnar...

— Pssss!

... e vai em direção ao carro, exatamente da janela onde está Tiago, que abre um pouco o vidro. Os cachorros se silenciam, mas permanecem em guarda em volta do carro. O homem com chapéu de vaqueiro cumprimenta Tiago com um aceno de cabeça, ao mesmo tempo que faz um raio X do interior do carro.

— 'Noite?

Tiago procura falar de um jeito bem tranquilo.

— Boa noite, senhor... essa pousada ainda é da Dona Rosa Cardoso?

— Quem é o senhor?

— Eu sou o Tiago, neto da Dona Bendita, de Mariana...

Ao encontrar registro de Tiago em sua memória, o homem fica um pouco menos tenso, mas tenta não parecer muito eufórico.

— A benzedeira?

Ana Clara e Léo trocam olhares desconfiados. Tiago quase se aborrece.

— Ela mesma.

— O senhor é o moço que mexe com os índios, lá em BH?

— Sou.

— Eu sou o Zé Pipoca.

Parece que as coisas vão bem! Com mais três trocas de frases, Tiago consegue fazer Zé Pipoca entender que eles precisam de pousada para passar a noite.

— A Dona Rosa Cardoso não tá... só vem depois de amanhã. Mas tem quartos vagos e eu posso hospedar *ocês*, sim.

— É só por essa noite, Seu Zé Pipoca.

— Espera só um bocadinho, eu vou prender os cachorros.

Depois que Zé Pipoca prende os cachorros, Didi, Ana Clara, Léo e Tiago entram com ele na sala da pousada. Assim que tranca a porta, Zé Pipoca acende um lampião que ilumina precariamente a recepção que fica ao lado de uma grande sala de pedra e madeira decorada com móveis de madeira pesada. Fichas preenchidas, pagamento adiantado... e Zé Pipoca entrega duas chaves...

— ... uma pra Mirtes e as crianças... e uma pro neto da Dona Bendita... um quarto do lado do outro, como *ocês* pediram.

Tiago olha para Didi como se esperasse alguma explicação.

— Você não tem nada a me dizer, Didi?

— Tenho... mas não agora... eu preciso descansar e o Léo e a Ana Clara também.

— Mas eu não vou conseguir dormir.

— Procure pelo menos descansar... pode ser que o dia, amanhã, seja puxado... assim que amanhecer, nós conversaremos e voltaremos para Mariana.

Os olhos de Tiago se enchem de lágrimas.

— E a minha avó?

É Ana Clara quem responde à pergunta de Tiago:

— Não há muito o que fazer agora, Tiago... sua avó está bem, confie em mim, só mais uma vez.

A segurança de Ana Clara é tanta – e tão assustadora aos olhos dele! – que Tiago não tem nem como questioná-la.

– Se vocês precisarem de mim, é só chamar.

Zé Pipoca leva a mala de Didi e as mochilas de Léo e de Ana Clara até um quarto grande, decorado com os mesmos móveis de madeira pesada e escura, e que tem duas camas de casal, além de uma janela grande, um armário e uma lareira. Depois de acender um lampião fixo a uma das paredes, Zé Pipoca quer saber:

– A senhora quer que eu acenda a lareira?

– Não é preciso, Seu Zé Pipoca, obrigada.

Tomando um pouco mais de cuidado com o que dirá, Zé Pipoca tenta não mostrar pânico.

– Eu e os cachorros passamos a noite acordados, mas é melhor deixar a janela e a porta bem trancadas.

Mesmo com a tentativa de naturalidade de Zé Pipoca, Didi se assusta:

– Este lugar não é seguro?

Em Léo, a advertência de Zé Pipoca tem efeito contrário ao que teve em Didi.

– Quem ia se atrever a enfrentar oito pastores-alemães?

Com um estranho sorriso, Zé Pipoca responde:

– Quem... eu não sei... mas "o quê" já é outra conversa... ainda mais em uma noite funda como essa...

O tom de voz de Zé Pipoca é tão assustador que até os móveis do quarto se arrepiam...

– ... em cima do criado-mudo tem velas e fósforos... qualquer coisa estranha, gritem....

Quando Zé Pipoca já está na porta, Didi percebe que o quarto não tem banheiro. Ele orienta...

– Não tinha mais quartos vagos com banheiros... tem um banheiro coletivo no corredor, bem em frente a esse quarto, dona... mas, não deixe as crianças irem sozinhas... boa noite *pr'ocês*.

Assim que Didi tranca a porta, Léo fica eufórico.

– Temos muito o que conversar, Ana...

Ana Clara mostra total desinteresse pela euforia do primo.

– Amanhã, Léo...

Entre bocejos, ela se explica:

– Agora eu estou morrendo de sono.

As reações sonolentas da prima despertam em Léo o enorme cansaço que o garoto está sentindo.

– Pensando bem... tá me batendo o maior sono...

Didi também está cansada. Muito cansada! Nem energia para dar uma advertência aos sobrinhos – para o caso de eles estarem armando alguma! – ela tem... pobre Didi! Ela deveria ter, pelo menos, feito uma advertência. Assim, quem sabe, ela não teria sentido o que sentiu quando acordou na manhã seguinte e percebeu que Ana Clara não estava ao seu lado na cama em que elas dormiram... e nem Léo estava na cama ao lado, onde dormiu sozinho.

– Ana... Léo...

As mochilas de Ana Clara e de Léo continuam no mesmo lugar onde foram deixadas na noite anterior, ao lado da mala de Didi.

– Léo? Ana?

Só depois que Didi procura no corredor, no banheiro, no salão onde é servido o café da manhã, em volta da casa... e em todos os outros lugares ao redor da pousada onde ela, Tiago e Zé Pipoca acharam que Ana Clara e Léo poderiam estar, é que Didi resolveu aceitar o terrível...

– ... meus sobrinhos desapareceram.

6

— *A<small>NA</small> C<small>RARA</small>...*

Ana Clara tem a estranha sensação de estar sendo chamada...

Ana Crara...

... chamada pela voz rouca de uma mulher... que usa o som da letra "r" no lugar da letra "l" para chamar o segundo nome dela.

Ana Crara...

Assim que Ana Clara desperta, os chamados param. Mas a sensação estranha continua... sensação de estar no lugar errado... fazendo a coisa errada...

– ... está faltando alguma coisa.

Ela só pensa "está faltando alguma coisa", sem dizer nada. Afinal, é para si mesma que Ana Clara está dizendo ou pensando isso. E mais: a garota não quer que Didi, que dorme ao seu lado, acorde... mas Ana Clara sabe que precisa sair dessa situação o mais rápido possível. Pelas frestas da janela, ela vê que já amanheceu.

Fazendo o máximo de esforço para não acordar Didi, Ana Clara cobre um pouco melhor a tia com uma manta bem pesada. Em seguida, se levanta com o mínimo de movimentos, tentando não fazer ruído algum.

Ouvindo a voz de Zé Pipoca lá fora, falando baixo com os cachorros que rosnam, Ana Clara tira o pijama e veste a calça *jeans*, o tênis, a camiseta de mangas compridas e, por cima da camiseta, uma jaqueta. Fechando os botões da jaqueta – o começo da manhã está tão frio quanto o meio da noite anterior, quando eles chegaram –, Ana Clara vai, pé ante pé, até a cama onde Léo está roncando.

Primeiro ela tapa a boca do primo, para que ele não se assuste e coloque tudo a perder. Depois, o cutuca. Nem precisaria do cutucão, só o fato de Ana Clara tapar a boca de Léo faz com que o garoto desperte. Tirando a mão da boca de Léo, ela sussurra.

– Já amanheceu.

Léo entende que também tem que sussurrar, só não sabe o porquê disso.

– E daí?

– Nós temos que sair daqui.

Não que Léo passe a entender exatamente as dimensões do que sua prima quer dizer. Mas ele sabe que pode confiar nela.

– E os cachorros, Ana?

– Pelo que eu ouvi, o Zé Pipoca acabou de prender... vamos logo, antes que seja tarde.

– Vou mudar de roupa.

Ana Clara pega um par de luvas de lã vermelha em um dos bolsos de sua mochila...

– Te espero no café da manhã.

... e sai do quarto.

Quando chega ao salão onde é servido o café da manhã, Léo também está de calça *jeans*, jaqueta sobre a camiseta de mangas compridas, tênis de cano alto e com um boné verde-oliva na cabeça. Sozinha no salão, Ana Clara mastiga um pão de queijo e dá goles em um copo de suco de laranja. Há mais algumas mesas, todas vazias. Em uma delas, os restos de café da manhã de várias pessoas.

– Esfomeada!

– Não resisti, desculpa.

Poucas pessoas teriam resistido às tentações daquela mesa! Pães caseiros e quentinhos de vários tipos e formatos...

– Seu Zé Pipoca disse que, além do pão, a manteiga e o queijo branco são feitos aqui...

Ainda sai fumaça dos pães de queijo. O que mais se vê na mesa são os tons da cor amarela esverdeada do milho. Tem milho preparado de várias formas: bolo de fubá, canjica, cural... e em espigas, é claro. Tem potes de geleias de cores diferentes...

– ... Seu Zé disse, também, que o leite é tirado das vacas que a dona da pousada cria... e que o café é da plantação dela... e as bananas... e os mamões...

Descascando uma banana, Léo quer saber onde está o Zé Pipoca.

– Acabou de sair. Pelo que eu entendi, ele foi com o carro da pousada levar um grupo que está hospedado aqui até um atalho que vai dar em umas cachoeiras.

– Cachoeiras? Com esse frio?

– São praticantes de esportes radicais. Eles estavam sentados naquela mesa cheia de restos.

– Para descer essa montanha pelo mato, devem ser radicais mesmo.

– *Helloo*? Léo? Não foi para falar sobre radicais e esportes radicais que eu acordei você.

– Eu já estava acordado havia muito tempo. Só não queria fazer barulho, para não despertar a Didi.

Ana Clara se assusta.

— Como assim, acordado?
— Eu acordei com uma sensação bem estranha... parecia que eu estava no lugar errado...
— Fazendo a coisa errada...?
Agora é Léo quem se assusta.
— Como você sabe?
— Eu acordei com a mesma sensação... como se estivesse sendo chamada por alguém... você também?
Sentindo-se em desvantagem, Léo responde à pergunta da prima.
— Acho que não... o que será que isso quer dizer?
— Que se nós deixarmos essa história nas mãos da Didi, pode ser que a gente não consiga chegar aos Metálicos...
A pausa que Ana Clara faz é para acompanhar a chegada de um garoto, do tamanho dela e de Léo, que entra com uma bandeja. O garoto olha para eles, mas abaixa os olhos e vai até a mesa onde estão os restos do café da manhã dos atletas radicais. Depois de afundar um pouco mais o gorro preto na cabeça, o garoto começa a recolher as louças da mesa se movimentando com a agilidade de um gato. Ana Clara passa a falar mais baixo.
— ... nem ajudar o Tiago a encontrar a avó dele... Léo?... tá me ouvindo, Léo?
— Estou.
Léo mentiu para Ana Clara. Desde que o garoto entrou no salão, Léo está intrigado com aquela figura tão ágil quanto frágil. O garoto é um pouco menor do que Léo. Até um pouco menor do que Ana Clara. Mesmo vestindo calça comprida e com os braços cobertos por uma malha de lã verde surrada, dá para perceber que o garoto é magro. Muito magro. A pele dele é escura como a pele de um índio ou de alguém que tomou muito sol. Nos pés,

ele calça um par de botas de jeca-tatu. A boca do garoto é pequena. Seus olhos, também pequenos, são um pouco puxados. Não dá para saber como são os cabelos, porque o gorro preto que o garoto está usando cobre todo o seu couro cabeludo. Ana Clara insiste:
— Não parece que você está me ouvindo, Léo.
Equilibrando um pouco sem jeito a bandeja cheia de louça suja, o garoto sai do salão.
— Quem é esse cara?
— Sei lá... acho que trabalha aqui... desde que o pessoal saiu com o Zé Pipoca, ele tá tirando a louça do salão... presta atenção em mim, Léo.
— Fala.
— Nós não podemos passar o tempo todo fugindo...
Mesmo fazendo algum esforço, Léo não está conseguindo se concentrar na conversa com sua prima. O garoto saiu do salão, mas para Léo parece que ele continua ali... ou alguma coisa dele continua ali... alguma coisa que incomoda Léo. É como se a ausência do garoto incomodasse Léo tanto quanto a sua presença... ou até mais.
— ... se fosse pra ficar fugindo dos Metálicos, era melhor termos ficado em São Paulo...
O garoto de gorro preto volta com a bandeja vazia. Léo sente um alívio.
— ... esperando que eles façam tudo novo, se é que já não estão fazendo... não acha, Léo?
— A... acho...
— Tenho certeza que depois a Didi vai até agradecer a gente...
O alívio de Léo é passageiro...
— ... acho... o quê... mesmo, Ana?
— O que foi, Léo?

... agora, mais do que incomodado, Léo está intrigado.
– Esse cara...
Não passa despercebido para o garoto que Léo fala dele.
– O que é que tem?
– ... não estou gostando nada desse cara.
– Presta atenção em mim, Léo. Eu estou falando de um assunto que pode mudar as nossas vidas pra muito pior...
Não conseguindo mais resistir, Léo chama:
– Ei...
– Deixa o garoto trabalhar, Léo.
Quando o garoto afunda o gorro preto da cabeça e se volta para atendê-lo, Léo começa a tremer. Ele nunca tinha visto um par de olhos verdes tão claros... e ao mesmo tempo tão fortes... expressivos... e tão enigmáticos como aqueles. Léo sente medo! Medo de alguma coisa que ele não sabe o que é. Léo fica mais violento; e, esquecendo que foi ele mesmo quem o chamou, desafia o outro garoto, com uma voz um tanto quanto trêmula para quem está desafiando um desconhecido:
– Por... por... por que é que você tá me olhando?
Ana Clara não entende a reação do primo.
– Foi você quem chamou, Léo.
– Mas o cara não precisava me olhar desse jeito.
Conferindo o olhar que o garoto continua fixando em Léo, Ana Clara não vê nada de mais, além de um belo par de pequenos olhos verdes.
– De qual jeito, Léo?
Deixando a bandeja sobre a outra mesa, onde ainda estão alguns dos restos de café da manhã dos atletas radicais, o garoto de pequenos olhos verdes vai até a mesa onde estão Ana Clara e Léo... com passos decididos, mas suaves. Como se para andar não precisasse de força, só de

uma sutil energia. Léo começa a transpirar. Ana Clara fica atenta... e sussurra:

— Viu o que você fez?

Quando chega à mesa, o garoto não sorri, nem faz cara de bravo. É difícil descrever o que ele está sentindo... Léo repete o que tinha perguntado, só que, agora, sem a menor arrogância... mais como quem pede um favor... ou socorro...

— Por que é que você tá me olhando?

Antes de responder, o garoto observa Léo e Ana Clara, como se quisesse ter certeza de estar falando com as pessoas certas. Ainda antes de responder, ele confere a porta de entrada do salão. Não vem ninguém. A voz do garoto tem um sotaque parecido com o de Tiago.

— *Ocês* precisam de ajuda?

Em nenhum momento passa pela cabeça de Léo ou de Ana Clara que, com sua pergunta, o garoto esteja querendo saber se eles precisam de mais manteiga ou de uma nova remessa de pães de queijo. Embora pareça simples, aquela não é uma pergunta de um funcionário de uma pousada a seus hóspedes.

— Precisamos...

O que faz com que Léo se interrompa em sua resposta é a sua total falta de saber como continuá-la. Ana Clara talvez saiba...

— Você acha que pode ajudar a gente?

O garoto sorri, mais com os olhos do que com os lábios.

— Acho que posso.

Mesmo a resposta dele tendo soado um pouco arrogante, Ana Clara sente que pode confiar no garoto.

— Eu e o meu primo precisamos sair daqui...

— Espera, Ana.

O pedido de Léo para que Ana Clara espere é definitivo. Léo continua falando com o garoto:

– Quem é você?
– A única pessoa que pode ajudar *ocês* neste momento.

Ana Clara insiste:

– Você pode tirar a gente daqui?
– Foi pra isso mesmo que eu vim, uai.

Os primos não têm tempo nem de se surpreender com o que o garoto acaba de dizer. O som do motor de um carro em movimento chama a atenção dos três.

– O Zé Pipoca tá voltando...

Se assustando, o garoto perde um pouco da segurança com que vinha falando.

– ... temos que ser rápidos.

Léo continua desconfiado. O som do motor está cada vez mais alto, sinal de que o carro está cada vez mais perto.

– Por que essa pressa?
– Rápido...
– Temos que deixar um bilhete pra Didi, Léo.
– Vamos lá.
– *Ocês* têm que ser rápidos.

Léo e Ana Clara disparam para o quarto. Usando a caneta com que ela e Léo estavam fazendo palavras cruzadas, Ana Clara escreve em uma folha de um bloquinho que estava no criado-mudo ao lado da cama em que dormiu.

Didi, estamos bem. Daqui a pouco daremos notícia. Confie em nós. Beijo, Ana e Léo.

O tempo que Ana Clara levou para escrever o bilhete Léo usa para pegar seu telefone celular em um dos bolsos de

sua mochila. Em menos de trinta segundos, Léo e Ana Clara estão de volta ao salão.
— Demoraram muito... o Zé Pipoca já tá chegando.
Ouve-se a rotação final e mais forte do motor, antes de ele ser desligado.
— Pelos fundos, rápido.
Mais quinze segundos e os três estão saindo pela porta dos fundos da casa de pedra. A porta vai dar num quintal fechado por uma cerca de arame farpado.
— Droga...
Pela reação do garoto, ele não sabia que no quintal tinha uma cerca.
— Vocês sabem pular cerca?
A cerca é de arame farpado.
— Nunca pulei.
— Nem eu.
O garoto pensa rápido.
— Vamos fazer o seguinte: assim que o Zé Pipoca entrar, a gente contorna por fora da casa e sai pela frente mesmo... fiquem espertos pra me seguir, porque logo eu vou entrar por um atalho no mato.
— No mato?
— Vai borrar a bota?
Pela maneira como o garoto faz aquela pergunta estranha, Léo entende que ele está se referindo a um possível medo de Léo.
— Não é isso... o Tiago disse que nesse mato tinha onças.
Achando um pouco de graça no maldisfarçado medo do primo, Ana Clara explica:
— A essa hora, as onças já estão dormindo, Léo.
— Vamos logo... o Zé Pipoca já entrou.

A fuga, ou pelo menos o começo da fuga, sai como o garoto planejou. O trio contorna a construção de pedra sem ser visto por Zé Pipoca. Assim que se distanciam da casa, o garoto indica um atalho quase invisível para uma entrada na mata.
— Eu vou na frente.
Agora é Ana Clara quem mostra medo.
— Não tem cobra nesse mato, não?
— Deve ter.
— Elas podem estar bem acordadas...
— Podem ficar tranquilos. O mato é assim fechado só no começo.
Alguma coisa que ele escuta chama a atenção do garoto...
— ... mais rápido.
... que dispara no meio de pequenas árvores. O barranco é bem inclinado.
— Tá escorregando muito.
— É o sereno... logo melhora... apertem bem os pés no chão, pra não cair.
— Por que a gente tá indo tão depressa?
— Daqui a pouco eu falo.
Ana Clara se lembra de seu telefone...
— Deixei o meu celular carregando a bateria...
— ... não faz mal. O meu tá aqui...
— Boa, Léo.
— ... mas tá sem sinal.
— Na cidade o sinal deve melhorar... espero.
— Mais rápidos, *ocês* dois.
A fuga acelerada pela mata dura mais alguns minutos. Quando chegam ao que parece ter sido uma trilha, o garoto conclui que o aparente perigo passou e para...

— ... agora podemos respirar um pouco.
— Por que nós tivemos que correr tanto?
— Eta... menina curiosa.
— Eu também quero saber.
— Eta *nóis*... dupla curiosa. Eu achei que o Zé Pipoca estava vindo com os cachorros atrás da gente, mas me enganei... foi bom. Chegamos mais rápido na trilha... *ocês* se machucaram?

Depois de conferirem se está tudo bem com eles, Léo e Ana Clara acenam com a cabeça negativamente.

— Ótimo. Como *ocês* se chamam?
— Léo.
— Ana Clara.
— Tuca... *vam'bora*...

O trio continua descendo com todo cuidado pelo barranco um tanto quanto íngreme e forrado de raízes de árvores e pedras soltas.

— Cuidado que as pedras soltas são mais perigosas do que as raízes.

A imagem de Tiago alisando a sua barbichinha passa pela cabeça de Ana Clara.

— Espero que o Tiago cuide da nossa tia enquanto a gente não voltar.

A lembrança de Ana Clara faz Léo pensar em um outro assunto...

— Ainda tem índios nesta montanha, Tuca?
— Que eu saiba, não.
— Será que nós não vamos encontrar os esportistas radicais que estão hospedados na pousada?

Depois de uma gargalhada quase nervosa, Tuca responde:

— E *ocê* acha que eles iam se atrever, Ana?

— Não entendi.
— Este caminho era dos tropeiros, os homens do mato que andavam pelas minas procurando ouro... esses esportistas não iam aguentar, não... sabiam que os tropeiros comiam até formiga?

Nem Léo e muito menos Ana Clara têm vontade de responder à pergunta de Tuca. Na verdade, o que interessa a Ana Clara nesse momento é uma outra coisa...

— O Zé Pipoca não vai ficar bravo por você ter saído do seu trabalho, Tuca?

Tuca para e dá uma risadinha esperta para Ana Clara.

— Não tem por que ficar.
— Você não trabalha na...

Ana Clara não precisa continuar a pergunta de uma resposta que ela já sabe: Tuca não trabalha na pousada. Léo quer mais detalhes.

— Então, o que você estava fazendo lá?
— Fui encontrar *ocês*...

Como se o que tivesse dito fosse a coisa mais natural do mundo, Tuca volta a caminhar.

— Eu sigo na frente.

Léo puxa Tuca pela blusa de lã.

— O que foi, Léo?
— Você não acha que deve uma explicação, Tuca?
— E eu não posso explicar andando?

Léo solta Tuca.

Os três voltam a caminhar; só que agora mais devagar e por uma trilha. Tuca não espera pelas perguntas.

— A avó do Tiago pediu que eu viesse buscar *ocês*.
— E como ela sabe que nós estamos aqui?

Tuca estranha a pergunta.

— E, por acaso, *ocês* não estão?

— Você entendeu muito bem a pergunta da Ana, Tuca.
— Não entendi coisa nenhuma.
— A Dona Bendita não tá desaparecida?
— Ela fugiu... e eu ajudei ela fugir. Mas nós deixamos a casa e as coisas de um jeito que era pra parecer que ela tinha desaparecido.
— Por quê?
— Ela que mandou... acho que pra confundir alguém...

Antes de terminar de responder, Tuca arregala os olhos e afunda um pouco mais o gorro preto da cabeça, como se se lembrasse de algo de que tem medo.

— ... alguém que eu tenho até medo de pensar quem seja.

A surpresa com o gesto e o olhar de Tuca quase derrubam Léo no chão. Ana Clara fica intrigada com o desconcerto de seu primo... é intrigada que ela quer que Tuca leve a sua história adiante...

— Mas quem estava indo atrás da Dona Bendita éramos nós dois, nossa tia e o neto dela... Por que ela estaria fugindo de nós?
— E eu é que vou saber? E quem falou que ela estava fugindo *docês*?

Fazendo-se ainda mais de desentendida, Ana Clara aprofunda a sua investigação...

— De quem você acha que ela estava fugindo?

O tom de Tuca ao falar é bem desconfiado...

— Pensei que *ocês* soubessem.
— A avó do Tiago não disse quem mais poderia estar atrás dela?
— Vocês não conhecem a Dona Bendita!
— Não conhecemos mesmo.
— Ela não é do tipo de pessoa que sai por aí explicando as coisas... ela manda e *ocê* tem que fazer... a velha tem um gênio de cão.

– E o que você tem a ver com isso? Por que veio buscar a gente?

– Eu trabalho pra ela... quer dizer, mais ou menos.

– Mais ou menos como?

– É melhor deixar a própria Dona Bendita falar... eu não quero acordar amanhã com duas orelhas de burro.

– Trabalha ou não trabalha?

– Uma parte do tempo, eu trabalho... na outra, eu cuido de uma parte do gado de um boiadeiro que tem uma fazenda perto do sítio da minha família... às vezes, eu trabalho também na lavoura dele, plantando...

Um ronco chama a atenção do trio. Tuca para primeiro. Léo e Ana Clara, logo em seguida. Silêncio absoluto. O ronco fica mais intenso.

– Que bicho será?

O próprio Léo, que fez a pergunta, é o primeiro a reconhecer o som. Ainda assim ele olha para cima, para confirmar antes de anunciar de um jeito bem irônico:

– Um bicho muito possante, eu diria.

Ana Clara confirma a fala do primo.

– Um helicóptero...

– ... preto e supermoderno.

– São os Metálicos!

Mesmo achando que está entendendo, Tuca quer confirmar.

– *Ocês* sabem de quem é esse helicóptero?

– Provavelmente...

Vendo que Tuca se prepara para fazer mais perguntas, Ana Clara se adianta...

– ... mas, por enquanto, o que a gente pode dizer, Tuca, é que esse helicóptero deve ter a ver com a nossa vinda para Ouro Preto.

– Ah... então deve ser por isso...

— Por isso o quê?

— De uns tempos pra cá, esse helicóptero tem sobrevoado a região... pensei que fosse de algum fazendeiro muito rico... eu ia até tentar descobrir quem era, pra pedir emprego na fazenda dele...

— Acho melhor você não fazer isso.

Tuca não entende muito a irônica advertência de Ana Clara. Léo está começando a bolar uma teoria...

— Pela posição dele, Tuca, você consegue saber pra onde o helicóptero está indo? Ou de onde está vindo?

Tuca confere... e arrisca:

— Não posso garantir, Ana. Mas acho que pros lados do Morro da Queimada, na entrada de Ouro Preto.

Os primos trocam olhares para confirmar se estão pensando a mesma coisa! E, pelo visto, estão! Isso acende a curiosidade de Tuca:

— O que foi agora?

Léo tenta desconversar...

— Nada, não.

A resposta de Léo contraria Tuca.

— Tudo bem. Se querem fazer segredo... mas é bom lembrar que *ocês* estão em desvantagem...

Cada vez mais aborrecido, Tuca começa a andar com mais vigor e rapidez, como se conhecesse muito bem aquela mata e pouco se importasse que quem o acompanha não conhece.

— Mais rápido...

A trilha deve estar abandonada há muito tempo. Os galhos de árvores, cada vez mais, invadem o caminho e é preciso muita atenção para não ser machucado por eles.

— Mais rápido...

Da montanha por onde andam com Tuca, Léo e Ana Clara podem conferir a bela paisagem natural em volta deles. São

outras montanhas em vários tons de verde e que formam vales. No encontro dos vales, pequenas casas. Das chaminés de algumas das casas sai fumaça. Léo começa a andar mais devagar:
— Mais rápido, Léo.
— Tô cansado.
— Sua prima também tá e nem por isso...
Ana Clara tenta socorrer o primo da provocação de Tuca.
— Só que eu tomei um café da manhã quase completo. O Léo só teve tempo de comer meia banana.

Percebendo que está sendo um pouco cruel, Tuca passa a andar mais devagar e tira um pão de queijo já bastante amassado do bolso da calça, oferecendo-o para Léo.
— Pega.
— Pra que isso?
— A Ana Clara não disse que *ocê* tava com fome? Eu trouxe esse pão de queijo pra uma emergência.

Léo encara a oferta com algum desdém.
— Tá todo amassado.
Dando uma mordida no pão de queijo, Tuca provoca:
— Mas tá uma delícia.
Com água na boca, Léo pega o pão de queijo da mão de Tuca.
— Valeu.
— E vê se não deixa cair migalhas; pra não atrair os cachorros do mato... por falar em cachorros... a essa hora, o Zé Pipoca já deve ter saído com os cachorros da pousada atrás de vocês.

O trio aperta o passo novamente... quanto mais andam, pior fica o caminho e eles têm que desviar de mais galhos... Mesmo com a fome aparentemente controlada, Léo continua de mau humor.
— Esse mato só atrapalha.

— Não reclama da mata não, Léo... sem mata não tem vida... sem mata não tem...

Dessa vez, o que interrompe Tuca é o barulho da água corrente. Tuca passa a andar mais devagar...

— Estamos perto do rio...

... e a falar mais devagar...

— ... o que quer dizer que daqui a pouco vamos chegar na cidade...

Tuca afunda o gorro preto na cabeça.

— É melhor ficarem mais espertos.

— Por quê, Tuca?

Procurando uma resposta que encubra o que de fato o preocupa, Tuca olha sério para Ana Clara.

— Por causa... por causa das cobras.

Claro que a possibilidade de encontrar cobras assusta Ana Clara e Léo. Mas assusta muito mais aos primos saber que a informação sobre as cobras, talvez, esteja encobrindo algo ainda pior.

— Só por causa das cobras, Tuca?

Em vez de encarar Ana Clara, Tuca olha para baixo tentando encobrir um sentimento que deixa os seus olhos ainda mais verdes. Ana Clara insiste:

— Do que é que você está com medo, Tuca?

— De um monte de coisas, Ana Clara.

Ana Clara sente um arrepio... e para.

— Pode falar, Tuca.

Como se compartilhasse o arrepio de Ana Clara, Tuca também para.

— Esse lugar tá amaldiçoado...

Agora é Léo quem para e se arrepia.

— Amaldiçoado "como"?

— Os mortos estão voltando.

7

TANTO A RISADA como o comentário de Léo são bastante nervosos.
– Vai... vai me dizer que você acredita em mortos-vivos?

Achando um tanto quanto absurdo o tom de Léo, Tuca afunda um pouco mais o gorro na cabeça.
– Eu acredito só no que eu vejo... ou tenho visto.
– E o que você tem visto, Tuca?

Tuca para e encara Ana Clara.
– O medo cada vez maior nos olhos das pessoas, Ana.
– Quais pessoas?
– As pessoas que já viram os mortos-vivos. Dizem que eles são ex-escravos e que saem do mato, de perto da Mina de Passagem... e ficam indo, de mina em mina abandonada, procurando ouro... e que têm aparência horrível...

É mais a curiosidade do que o medo o que faz Léo perguntar:
– Horrível como?
– Ah, Léo... tenho até medo de falar... é como se ainda estivessem voltando do mundo dos mortos... com ossos aparecendo por baixo dos trapos que vestem...

Ana Clara toma todo cuidado para não ofender Tuca com o que vai perguntar...

– Você acha que essa história é mesmo verdadeira?

– Eu não tenho por que duvidar... ainda mais com o que acontece depois que os mortos-vivos aparecem...

– Como assim?

– ... as mulheres que ficaram doentes, por exemplo, foi por causa dos mortos-vivos.

– Você está falando das bordadeiras de fuxico?

– Tô... *ocês* sabem o que aconteceu com elas, antes de elas serem internadas, não sabem?

O silêncio de Léo e Ana Clara responde que eles não sabem. E Tuca quer que eles saibam...

– ... elas foram ficando moles... moles... sonolentas...

– O que mais?

– O que mais, Ana? O tal Doutor Falcão, um médico novo aqui da região, foi muito legal, sabe? Ele se ofereceu pra examinar elas de graça e achou que era uma doença rara... e levou elas pra fazerem exames e serem tratadas lá em BH... elas tão lá até agora.

O barulho da água corrente do rio fica mais forte.

– Eu espero que *ocês* consigam ajudar a Dona Bendita a livrar a gente dessa maldição.

Léo e Ana Clara ficam tão assustados com o que acabam de ouvir que param ao mesmo tempo... e com tanto vigor que até fazem correr as pedrinhas soltas do chão do barranco.

– A... a gente...

– O... o quê?

A surpresa dos primos deixa Tuca inseguro, como se ele tivesse falado alguma bobagem.

– Eu estava achando...

Mais do que isso: é como se Tuca estivesse enganado sobre o porquê de Dona Bendita ter pedido que ele fosse buscar Léo e Ana Clara na montanha do Solar do Breu.

– ... se não foi por causa dos mortos-vivos que a Dona Bendita mandou buscar *ocês*... foi por quê?

Léo resolve ser sincero:

– Não fazemos a menor ideia...

E Ana Clara resolve ser prática:

– ... e só vamos saber isso quando encontrarmos com Dona Bendita.

– Então, vamos logo...

Um pouco depois, o trio chega à margem de um rio estreito, limpo, cheio de pedras que formam pequenas quedas-d'água e com a vegetação das margens caindo sobre o leito.

– Vamos beirando o rio... cuidado que as pedras escorregam mais do que a terra.

Os três seguem com atenção redobrada.

– Onde está a Dona Bendita, Tuca?

O tempo que Tuca demora para responder soa mais importante do que a resposta que ele dá.

– No sítio de uns amigos dela, perto da Mina de Passagem.

– É a segunda vez que você fala nessa mina.

– É uma mina que fica entre Mariana e Ouro Preto e que ainda é aberta pra turistas. Tem um carrinho que leva os visitantes pra debaixo da terra...

Os primos sentem um estranho arrepio.

– ... a mina já não funciona mais... tem um monte de lagos... é muito bonito lá embaixo. Se *ocês* quiserem ir lá qualquer hora dessas...

– Em... embaixo da terra?

A mina embaixo da terra aberta à visitação não é o que chama a atenção de Ana Clara; nem é o medo de seu primo!

— Por que essa cara, Ana?

Mesmo Léo tendo sussurrado, Tuca escutou a pergunta dele e foi conferir a expressão de Ana Clara.

— Você também ficou com medo da Mina de Passagem, Ana?

Ana Clara está bastaste intrigada.

— Nem tive tempo...

Tuca não entende o começo da resposta. Talvez ele entenda o final...

— ... fiquei pensando em uma outra coisa: não tô gostando nada dessa história de você querer levar a gente pra um sítio.

A desconfiança de Ana Clara contagia Léo:

— A Ana Clara tem razão, Tuca.

E a desconfiança dos primos ofende Tuca.

— Espera um pouco: eu subo até a montanha do Breu... quase sou mordido pelos cachorros do Zé Pipoca, passo por um monte de coisas... sem ter a menor ideia do porquê de estar fazendo isso... e agora *ocês* vão ficar com essas desconfiançazinhas? Sabem o que acontece comigo se eu não levar *ocês* até o sítio onde tá a Dona Bendita? É capaz de eu virar sapo.

O desabafo de Tuca ajuda a diminuir um pouco o clima de desconfiança. Ana Clara e Léo trocam aquele típico olhar "vamos deixar como está pra ver como é que fica" e seguem pelo caminho com Tuca... só que agora é a vez de Tuca ficar desconfiado!

— Espera mais um pouco: não foi pra encontrar com a Dona Bendita que *ocês* pediram pra eu ajudar... *ocês* tão fugindo da tia...

— Nós não estamos fugindo de nossa tia.

A observação de Léo não chama a menor atenção de Tuca.

— Se não é pra se encontrarem com a Dona Bendita, por que *ocês* quiseram vir pra cidade?

Ana Clara consulta Léo com um olhar. Também com um olhar, Léo mostra que não concorda que Ana Clara diga nada. Mesmo assim, ela diz:

— Precisamos investigar sobre uns homens estranhos que nos perseguiram em Salvador e que agora sabemos que estão aqui.

A desconfiança de Tuca aumenta.

— Sozinhos?

Léo percebe que, com o aumento de sua desconfiança, Tuca deixou escapar que sabe mais do que está dizendo.

— Qual o problema?

Pela maneira como Léo pergunta, Tuca entende que exagerou... e tenta se proteger.

— Eles devem ser perigosos.

Insatisfeitos com a resposta de Tuca, Léo e Ana Clara seguem ainda mais atentos pelas pedras da beira do rio. Um pouco depois, Tuca escuta um ruído. O garoto para e vasculha a região em volta com os olhos verdes bem desconfiados. Em seguida, ele sinaliza com um gesto de braço para que Léo e Ana Clara também parem.

Os primos param e, assim como ele, conferem o que chamou a atenção de Tuca. Há um homem com os pés atolados na água. O homem é bastante velho, treme muito, veste calças e camisa de mangas compridas cheia de buracos, tem um chapéu de palha na cabeça. Curvado, ele movimenta uma peneira dentro da água como se com ela procurasse alguma coisa.

A chegada dos três chama a atenção do homem velho, que faz uma expressão bem furiosa. Soltando saliva misturada às palavras, ele deixa claro que os que chegaram não são bem-vindos.

— *Quê ocês qué* aqui?

O olhar vidrado do velho homem aumenta a atenção de Tuca, que sussurra pra si mesmo:

— Seu Caboclo.

... continuando a sussurrar, ele fala com os primos:

— Bico calado.

Nem seria preciso Tuca ter dito isso. O medo que Léo e Ana Clara estão sentindo impossibilita qualquer gesto ou palavra.

— Hein? *Ocês qué* meu *oro?* Mas eu não vou dá... é meu... *o oro* é meu...

Tuca tenta usar uma voz bem simpática:

— 'Dia, Seu Caboclo.

O homem velho diminui a fúria de sua expressão.

— Quem é *ocê*?

— Não tá me reconhecendo? Tuca.

Ao ouvir o nome de Tuca, a expressão de fúria absoluta volta ao rosto do homem velho.

— Some daqui, seu atentado!

Voltando a ficar tenso, Tuca segue andando pela margem do rio e indica que Léo e Ana Clara façam o mesmo...

— ... nem olhem pra trás. É capaz de Seu Caboclo jogar pedras.

Enquanto se afastam, escutam ainda o velho blasfemando...

— ... some daqui... atentado... Pensa que eu não sei que *ocê* tem parte com o coisa-ruim...

Esse último comentário deixa Léo e Ana Clara mais confusos. Eles não dizem nada. Só trocam aquele olhar típico de quem sabe que precisa ficar mais atento.

Ana Clara tenta naturalidade:

— Como o velho tremia.

— Faça sol ou faça chuva, Seu Caboclo está sempre dentro do rio.
— Quem é ele?
— Um tipo de doido da região...
— Doido?
— ... que acredita que ainda tem muito ouro escondido embaixo da terra, no leito dos rios... é por causa das riquezas dos séculos passados.

O celular de Léo vibra em um dos bolsos de sua calça. Sem parar de andar, ele confere o aparelho; e se anima!

— Pronto! O meu celular já tá com sinal... vamos ligar para Didi?

Parece que nem Ana Clara nem Tuca gostaram muito da ideia de Léo. Tuca espera, ansioso, a resposta de Ana Clara.

— Acho melhor esperar mais um pouco.

Tuca respira aliviado! E o aparelho nas mãos de Léo começa a vibrar e a apitar. Ele confere a tela de cristal líquido.

— Sete... oito... nove... treze... a Didi já tentou ligar pro meu celular treze vezes... ela deve estar desesperada. Vamos ligar pra ela, Ana?

É muito difícil para Ana Clara dizer o que ela dirá. Mas a garota sabe que naquele momento não há outra coisa a fazer.

— Vamos esperar só mais um pouco, Léo.

Agora é a vez de Tuca escutar um som. Um som vindo de mata. Dessa vez, ele não para. Pelo contrário, acelera o passo.

— Estão seguindo a gente...

Léo e Ana Clara não têm tempo nem de duvidar.

— ... façam tudo o que eu fizer.

Os primos também começam a ouvir passos quebrando a mata um pouco atrás deles.

— É gente ou é bicho?

— Como é que eu vou saber, Léo?
Os sons ficam mais intensos.
— E agora, Tuca?
— Agora? Corram...
E o trio dispara... tropeçando em pedras... desviando de galhos... escorregando no barro da beira do rio...
— ... mais rápido... mais rápido...
... os passos também são rápidos, mas não conseguem alcançar o trio. Um pouco à frente, a mata fica mais fechada. Tuca entra na mata. Léo e Ana Clara o seguem.
Um pouco mais adiante, Tuca avista um buraco em um barranco. Primeiro, ele se anima...
— ... deve ser uma mina abandonada...
... depois, faz cara de medo.
— ... ou toca de bicho.
Mas não há tempo a perder com dúvidas. Nem há alternativa.
— ... vamos ter que entrar aqui.
O buraco no barranco é um pouco mais alto do que Léo, que é o mais alto dos três. Tuca entra primeiro. Depois dele, Léo. Quando Ana Clara vai entrar, ela vê o galho grande e cheio de folhas caído perto da entrada do buraco. A garota não tem dúvida: pega o galho e, assim que entra, tenta camuflar o buraco com o galho e suas folhas.
— Boa, Ana.
Sussurrando, Ana Clara repreende o primo:
— Fala baixo, Léo.
Também sussurrando, Léo se desculpa.
— Foi mal.
Os três ficam parados um pouco depois da entrada. A mina... a toca... a gruta... ou seja lá o que for aquele lugar, é bastante escura. Agora, é Tuca quem sussurra...

— Vamos esperar aqui um pouquinho.
— E se tiver bicho...

Ouvindo o som de passos quebrando galhos secos, do lado de fora, Tuca faz um sinal para que Léo fique quieto. Os passos ficam mais altos e, mais próximos. Os seis olhos se arregalam.

— Onde eles foram parar?

A voz que pergunta é de homem... e de um homem furioso.

— Eu falei pra você vir mais rápido.

A segunda voz, que dá bronca, também é a de um homem furioso. Nenhuma das duas vozes tem o sotaque típico dos mineiros.

— Nós não podemos perder aqueles dois mais uma vez. Temos que pegá-los antes deles chegarem à cidade.

O brilho dos olhos arregalados de Léo e de Ana Clara se encontra na escuridão.

— Aqueles três... lembre-se de que tem um garoto com gorro preto com eles.

O acréscimo que a outra voz faz ao que ouviu, incluindo Tuca, faz com que o brilho dos olhos assustados dele se junte ao brilho dos olhos apavorados de Léo e de Ana Clara.

— Mas quem nos interessa mesmo são os dois. Eles é que são perigosos. Lá em Salvador, eles também ficaram andando com outro moleque.

— Eles não podem ter sumido...

— ... vou passar um rádio para os outros, dando a nossa posição pelo GPS, pra que cerquem a montanha.

— Enquanto isso, vamos continuar vasculhando. Eles não podem estar muito longe.

Voltam os ruídos de passos quebrando galhos secos...

— É... não podem.

— Talvez tenham entrado no rio.

... os ruídos vão se afastando... se afastando... mas Tuca sabe que é melhor continuar sussurrando...
– Eles foram embora.
– Então, por que você está sussurrando?
– Porque não é só de fora que podem vir os perigos...
Os olhos de Tuca já estão enxergando relativamente bem dentro da escuridão...
– ... e se aqui dentro tiver algum bicho?
... pelo menos, enxergando bem o suficiente para que ele encare Ana Clara e Léo um tanto quanto desconfiado.
– *Ocês* são mesmo perigosos?
Léo acha absurda a última frase de Tuca.
– Você não tá achando eu e a minha prima um pouco novos para sermos perigosos?
– Não foi isso que os homens falaram?
– Perigosos são eles, Tuca.
– Eu não tenho a menor ideia de quem são eles... agora, *ocês*, eu tô achando bem esquisitos...
Ana Clara resolve se meter na conversa... e faz isso de uma maneira bem chateada.
– Então, por que você não vai lá fora e chama os homens pra levarem a gente?
Tuca não se deixa envolver pelo tom quase dramático de Ana Clara.
– Quer saber mesmo a verdade? Porque se eu chegar no sítio dos padres sem vocês...
A pausa de Tuca é porque ele sabe que exagerou – ou está desobedecendo alguma ordem –, ao falar de quem é o sítio para onde ele está levando Ana Clara e Léo. Mesmo um pouco atrapalhado, ele continua:
– ... eu tenho medo do que a Dona Bendita pode fazer, se eu não obedecer ela.

A escuridão deixa o silêncio mais enigmático ainda. Alguém tem que levar aquela conversa adiante: Ana Clara, claro! Mas ela toma todo cuidado para não aborrecer Tuca ainda mais:

— Já que é assim... vamos.

A garota se adianta na direção por onde eles entraram. Tuca segura Ana Clara pela jaqueta.

— Não podemos ir por aí, Ana... e se os homens pegarem *ocês*?

— Então, por onde nós vamos?

— *Ocês* não estão sentindo um ventinho vindo de dentro?

Não, nem Léo nem Ana Clara estão sentindo nada parecido com um "ventinho".

— Isso é sinal que este buraco é fundo... quer dizer, comprido.

Assustado com a própria hipótese sobre aonde Tuca pode estar querendo chegar, Léo faz uma pergunta da qual ele teme a resposta.

— E daí?

— E daí, Léo, que aqui deve ser alguma mina, e não toca de bicho.

Quando vai se repetir, Léo o faz bem mais devagar... e com muito mais medo... e conferindo se a fitinha amarela de Nosso Senhor do Bonfim continua amarrada em seu pulso direito. Continua! Ufa!

— E daí?

Tuca está começando a se aborrecer com o medo de Léo.

— E daí que, não sendo toca de bicho, deve ser uma mina e dá pra gente tentar escapar por ela.

O medo enche Léo de violência:

— Ficou louco, Tuca?

Mas parece que Ana Clara, que estava silenciosa, só acompanhando o raciocínio de Tuca, não concorda com o primo.

– Acho que o Tuca tem razão...

O tom tranquilo de Ana Clara quase acalma Léo.

– ... e tem mais: nós não temos outra alternativa.

E assim, mais uma vez, Tuca se coloca à frente de Léo e Ana Clara e caminha devagar pelo corredor escuro de paredes de terra, baixo e um tanto quanto abafado, mas por onde às vezes sopra uma discreta e quase imperceptível brisa.

– Se eu sentir que está ficando sufocante, eu aviso e a gente volta, tá?

Um pouco mais controlado, Léo se lembra de seu aparelho de telefone.

– Meu celular tem uma lanterninha, Tuca.

– Então, deixa ele comigo... mas eu não vou acender, pelo menos por enquanto.

– Por que não?

– Aqui não deve ter bichos grandes, mas esta mina pode estar sendo usada pelos morcegos...

A possibilidade de morcegos arrepia Léo...

– ... se a gente não colocar luz, podemos atravessar a mina sem incomodar os morcegos e sem que eles incomodem a gente.

Talvez para se convencer de que o perigo que eles estão passando não é assim tão grande, Léo se exibe um pouco.

– Eu vi, em um documentário sobre morcegos, que eles são vegetarianos e que não gostam de sangue e que...

– Quem te garante?

Léo percebe que o tom quase tenebroso com que Tuca faz a sua pergunta é para assustá-lo. Eles estão em um ponto onde há uma bifurcação no corredor. Tuca terá de escolher qual caminho seguir. Ele confere em que direção o ar está mais fresco e segue por ela.

— Está querendo me pôr medo, é?
— E precisa?!

Ana Clara acha graça na afirmação de Tuca. Léo, não.

— Se liga, Tuca.

Quando Léo diz a Tuca para que ele se ligue, o garoto se confunde.

— *Ocê* também sentiu, Léo?

Agora é Léo quem se confunde.

— Senti o quê?

Nem é preciso que Tuca responda. Léo também começa a sentir que tem alguma coisa estranha no chão onde eles estão pisando.

— Está sentindo, Ana?

O silêncio da prima assusta Léo, que confere se ela continua caminhando ao seu lado.

— Ana?

Como se voltasse de longe, Ana Clara responde.

— Oi?
— Está tudo bem?

A maneira como Ana Clara responde é bastante vaga, como se ela estivesse distante.

— Hum-hum. Eu estava aqui pensando... pensando...
— Você também está sentindo que tem alguma coisa estranha no chão? Parece que tá cheio de pedras...

Só agora Ana Clara se liga totalmente no que Léo está dizendo:

— Coisa estranha?

Ao mesmo tempo que Tuca usa a lanterna do telefone celular de Léo para conferir o chão...

— *Cre... cre... creindeuspai!*...

Léo estava enganado! O chão não está coberto por pedras...

– ... tá forrado de ossos.

Tuca está cada vez mais assustado...

– Vamos sair daqui!

... e dispara, seguido por Léo e Ana Clara e iluminando o chão onde se veem ossos de todos os tamanhos. Ossos sujos. Ossos quebrados. Ossos inteiros. Ossos com pedaços de trapos... ossos envelhecidos pelo tempo... quando estão de volta na bifurcação onde Tuca tinha escolhido o caminho dos ossos, Ana Clara segura Tuca pela blusa de lã.

– Espera, Tuca.

– Eu nunca vi tantos ossos.

– Nem eu...

A segurança com que Ana Clara coloca um freio no medo e nos passos de Tuca é absoluta.

– ... mas já passou.

– Como já passou?

– Por acaso os ossos estão vindo atrás da gente?

Léo, que parou ao lado de Ana Clara, começa a se acalmar. Tuca também...

– Será que são ossos de gente?

– Não dá pra saber.

– Se for de bicho, é de bicho grande.

– Seja lá do que for, ficou pra trás...

Os garotos se olham envergonhados por estarem com mais medo do que Ana Clara.

– ... e o chão ficou liso de novo...

O clima está quase de volta ao normal.

– ... acho que nós erramos ao escolher aquele caminho.

Agora, o instinto de sobrevivência fala mais alto do que o medo dentro de Tuca e Léo. E Ana Clara...

— ... e nós não podemos sair dessa mina por onde entramos.

Já totalmente recuperado, ou pelo menos com seu medo muito bem guardado, Tuca entende a mensagem de Ana Clara.

— Então, vamos por esse outro corredor.

Ana Clara sorri para Tuca.

— Você continua indo na frente?

— Deixa comigo.

Tuca apaga novamente a lanterna do aparelho celular de Léo e segue na frente com a atenção redobrada não só pelo que pode vir pela frente, mas também com o que pode vir por baixo. Há perigos por todos os lados.

— Cara, de onde saíram tantos ossos?

— Vamos deixar pra falar melhor sobre isso quando estivermos longe daqui, Léo?

— Tem razão, Ana.

Um pouco mais adiante, uma nova bifurcação. Tuca consulta Ana Clara com os olhos. Ela sorri mostrando que confia nele.

— Vamos pela esquerda.

Aparentemente, Tuca acertou na sua escolha... não aparecem ossos... nem morcegos... nem nada.

— *Ocês* dois fiquem espertos. Pode ter água aqui dentro ainda.

— Água de onde?

— A maior parte das minas de ouro tinha lagos subterrâneos... de alguns ainda brota água... e eu estou sentindo um pouco de umidade no ar.

— Ah!

Depois de pensar um pouco, Tuca acha que chegou a hora de tirar uma dúvida:

— Aqueles homens...

Mas muda de ideia e se cala. Léo insiste. O silêncio está incomodando um pouco o garoto.

— O que é tem os homens, Tuca?

— Eles falaram uma sigla...

— GPS?

— Acho que era isso.

— É um aparelho para localização.

Léo se liga que Ana Clara está muito quieta.

— Ana?

Ana Clara não responde.

— No que é que você está pensando agora, hein, Ana?

Ana Clara continua não respondendo...

— Ana?

Léo confere à sua volta onde Ana Clara estava e sente um arrepio!

— Cadê você, Ana?

Tuca presta atenção na aflição de Léo... e tenta ajudá-lo, chamando...

— Ana Clara?

A garota também não responde ao chamado de Tuca. Léo fica mais aflito.

— Ilumina aqui em volta, Tuca... por favor...

A maneira como Léo diz "por favor" é desesperada. Tuca vasculha em volta com a lanterna do celular de Léo; e o que ele encontra é só uma aranha enorme passeando em uma teia gigante. Quando a aranha sente o foco de luz, ela corre pela teia em direção ao escuro.

— Cadê a minha prima?

A aflição de Léo faz com que a sua pergunta saia com um tom úmido, choroso. Tuca não sabe o que fazer... nem o que dizer.

– Ana Clara?
Ao mesmo tempo que chama inutilmente pela prima, Léo, estranhamente, volta a se lembrar de sua escola e de seu amigo Zé.
– Ana Clara?
Mais precisamente, de um dos últimos dias de aula, antes de começarem as férias, quando Zé estava fazendo palavras cruzadas e pediu que Léo o ajudasse a descobrir qual era a palavra que resumia o *estado psicopatológico caracterizado pelo medo de estar ou passar em lugares fechados ou muito pequenos...*
– Ana Clara?
... a lembrança da escola, de seu amigo Zé e das palavras cruzadas só faz aumentar a aflição de Léo...
– Ana Clara?
... aflição que sobe pela barriga do garoto em forma de congelamento... e para em sua garganta, tapando a entrada de ar... o próximo grito de Léo sai sufocado...
– A....naaa Claaaa... raaaa!
Tuca estranha a voz de Léo...
– O que foi, Léo?
... quando percebe que Léo está sufocando, Tuca se desespera...
– ... Léo?
... e cobre a boca de Léo com a sua boca pequena.

8

Não precisaria Didi ter revirado toda a pousada para ter certeza de que seus sobrinhos Ana Clara e Léo não estavam mais lá.

— Assim que eu vi que a Ana não estava dormindo ao meu lado, eu senti que ela e o Léo tinham... tinham...

...ido embora? ... desaparecido? ... sido sequestrados? Didi tem dificuldade de completar a frase, enquanto conversa com Tiago na mesa do salão.

— Tomara que o Zé Pipoca encontre os meninos no mato... ele disse que ia levar o cachorro mais farejador. Aliás, já faz tempo que o Zé Pipoca saiu.

A ideia de Tiago não anima muito Didi. Mas ela finge algum interesse no que acaba de ouvir.

— É... tomara.

Didi tenta se alimentar, mas está difícil.

— Come pelo menos uma broa de milho, Didi.

— Tem razão, Tiago. O dia de hoje não deverá ser dos mais fáceis...

Didi está mais furiosa do que preocupada.... mais atenta do que assustada...

— ... ou dos mais simples.

... como Tiago está mais assustado do que atento, ele não percebe isso.

— Seus sobrinhos sumiram... minha avó sumiu...

Uma senhora entra no salão. Ela se veste com simplicidade e em uma das mãos segura uma vassoura de bruxa. Na outra mão, a senhora traz um pedaço de papel.

— *Cença*, Dona?

— Pois não, Dona Elza.

— Eu estava limpando o quarto da senhora e achei isso.

— Obrigada.

Enquanto a mulher sai do salão, Didi confere o bilhete que Ana Clara deixou em nome dela e de Léo. Ler o bilhete não faz de Didi alguém mais alegre nem mais triste. Depois de contar a Tiago sobre o conteúdo do bilhete, ela ouve dele...

— ... então...

— Então, o quê, Tiago?

— ...os meninos foram embora porque quiseram.

— Eles não foram embora... nem se separaram de mim porque quiseram.

Está difícil para Tiago entender.

— Tenho certeza de que meus sobrinhos agiram assim porque acharam que estariam nos ajudando... e talvez estejam mesmo.

A explicação de Didi deixa as coisas ainda mais complicadas para Tiago.

— Você não pode estar falando sério.

— Tiago, eu tenho muito mais razões para confiar do que para me preocupar com eles.

— Isso não é normal.

— O que não é normal?

— Você ficar tranquila, sendo que o Léo e a Ana Clara

podem estar nas mãos daqueles homens de quem vocês estão fugindo.

— Nós não estamos exatamente fugindo, Tiago. Nós viemos para cá por causa deles... e eu não estou tranquila, eu estou furiosa... eles me desobedeceram.

— Isso não é normal.

Enquanto Tiago se repete, uma onda de saudade toma conta de Didi. Ela pega um dos dois celulares sobre a mesa e aperta a tecla de rediscagem.

— Você já ligou mais de dez vezes.

— Caixa postal... está me dando uma saudade daqueles danados...

Tiago sente certo alívio!

— Isso sim é normal.

Devolvendo o celular à mesa, Didi olha para o outro aparelho, aquele que Ana Clara esqueceu de levar.

— Eu não entendo como a Ana Clara foi esquecer o telefone celular... justo ela, tão atenta a tudo.

— Talvez ela não seja tão atenta assim...

A observação de Tiago confunde um pouco Didi.

— ... bem, Didi, você quer ficar aqui esperando, pra ver se eles voltam?

— Nem pensar... meus sobrinhos jamais voltariam pra cá.

— Então o que você quer fazer?

— Vamos descendo para a cidade pra facilitar a comunicação entre os celulares.

— E o Zé Picoca?

Como se estivesse ali ao lado, só esperando Tiago perguntar sobre Zé Pipoca para se manifestar, um cão pastor-alemão atravessa o batente da porta e caminha em direção ao salão...

— Nós não vamos esperar ele voltar?

... o cachorro para um pouco antes de chegar à mesa onde estão Didi e Tiago. Ele observa os dois e rosna. Didi e Tiago se assustam.

– Não se mexa, Didi...

Depois de orientar Didi, Tiago chama por Dona Elza, com suavidade e quase sem volume. O cachorro rosna mais uma vez.

– Dona Elza...

Vindo pelo outro corredor, Dona Elza chega ao salão, vê o cachorro e se assusta.

– O que fizeram *cocê*, Max?

Enquanto Dona Elza se aproxima do cachorro, como se tivesse com ele grande intimidade, ela vai explicando para Tiago e Didi o que eles ainda não perceberam.

– O Max tá com a pata machucada.

Tiago confere as pegadas do cachorro e vê que, além de barro, elas têm sangue. Didi se assusta.

– Ele voltou sozinho.

O cachorro rosna novamente. Tomando o máximo de cuidado que consegue, Dona Elza chega mais perto do pastor-alemão e tenta acariciá-lo.

– Cuidado, Dona Elza... o cachorro deve estar arisco por causa do machucado.

Falando com o enorme cachorro como se ele fosse um bichinho de estimação, Dona Elza mostra a Tiago que ele está errado.

– Não tá não, né, Max? *Ocê* não vai fazer nada com a Elza... vai, benzinho?

Max se senta sobre as patas traseiras. Dona Elza intensifica os carinhos e tenta entender o machucado.

– Acho que ele pisou em algum galho pontudo.

– Não pode ser outra coisa?

– Uai, menino?! Que coisa ia ser?

Como Dona Elza chegou à pousada depois de Seu Zé Pipoca já ter saído pelo mato procurando por Ana Clara e Léo, não soa estranho a Tiago e a Didi a indiferença dela para o possível sumiço do gerente.

— É que o cachorro saiu com o Seu Zé Pipoca...

Aparentemente, Dona Elza não vê nenhum problema no fato de o pastor-alemão ter voltado sem Zé Pipoca.

— Daqui a pouco o Seu Zé tá aí... o Max é mais rápido do que Seu Zé... eu vou lá dentro, curar a patinha dele...

Dona Elza sai puxando Max pela coleira, com todo cuidado, ao mesmo tempo que acaricia o pelo do animal.

— ...vem, bem... vem...

A saída de Dona Elza com Max do salão deixa o clima ainda mais tenso do que tinha ficado com a chegada do cachorro. Tiago observa Didi.

— Mais essa agora!

— Será que pegaram Seu Zé Pipoca?

É a própria Didi quem responde à pergunta, reforçando o que ela já tinha falado.

— É melhor irmos pra cidade... no caminho, vamos pensando no que fazer.

Em poucos minutos, Tiago e Didi estão na porta da pousada se despedindo de Dona Elza, que já fez o curativo na pata de Max...

— ... agora ele tá lá no canil, descansando... achei o bichinho um pouco assustado.

Didi e Tiago não têm tempo de se interessar pelo que acabam de ouvir. Didi entrega um papel com três números de telefone para Dona Elza.

— Quando Seu Zé Pipoca voltar, por favor, peça a ele que ligue para um desses números. O número de cima, que tem o código 11 na frente, é o meu celular, de São Paulo.

Tiago complementa Didi...
– Os dois outros números são o meu celular e o número do telefone da casa da minha avó.
– Podem deixar que, assim que Seu Zé Pipoca voltar, ele liga *prôces*.
– Até logo, Dona Elza.
– Vão com Deus.

Depois das despedidas, Didi dá a partida, manobra e começa a descer pela estrada de terra esburacada, cheia de curvas e um tanto quanto inclinada.
– Ainda bem que nós subimos à noite... e que estava escuro.
– Por quê?
– Se eu tivesse visto como é essa estrada, eu não teria tido coragem.

Tiago procura um tom bem irônico para falar...
– Acho que essa estrada não é o mais perigoso dessa sua viagem...

Ouvir o ronco de um helicóptero preto e supermoderno voando baixo e depois conferir que ela conhece muito bem que helicóptero é aquele deixa Didi mais atenta...
– São eles! Os Metálicos!
... e deixa Tiago ainda mais aborrecido.
– Sabia que assim, todo bravo, você fica ainda mais bonitinho?

O elogio de Didi não muda o estado de espírito de Tiago.
– Isso não é hora de cantadas, Didi.
– E quem disse que é uma cantada... eu só estou comentando.
– Eu preferiria que você comentasse outras coisas.

Claro que Didi quer ganhar tempo.
– Por exemplo...

Mais claro ainda que Tiago percebe a estratégia dela e se aborrece ainda mais.

– Por exemplo: quem são, na verdade, essas caras que vocês vieram procurar; o que a minha avó quer com vocês; por que você não ficou tão preocupada com o sumiço dos seus sobrinhos, como qualquer outra pessoa ficaria?...

– Mas, Tiago, a sua própria avó, que pediu que você nos procurasse, não quis proteger você não dizendo nada?

– Só que, para me proteger, pelo visto, ela se colocou em um perigo ainda maior... e imediato...

– Perigo maior e imediato é...

O que faz com que Didi se interrompa não é a vontade de fazer mais suspense do que ela já vinha fazendo. É um perigo maior e imediato...

– ... me ajuda, Tiago...

Ainda não percebendo o que está acontecendo, Tiago imagina se tratar de mais uma tentativa de Didi para distraí-lo.

– Não venha com mais...

– ... a... a direção...

Tiago não consegue mais duvidar de que Didi está falando sério...

– ... a direção travou...

Quando ele percebe o terrível: o carro está indo em direção à ribanceira.

– Saaaaai...

Enquanto solta esse grito – um tanto quanto desesperado! – Léo empurra com o máximo de força que consegue o corpo de Tuca para longe de seu corpo...

– ... sai daqui...

... e a boca de Tuca para longe de sua. Mesmo Tuca

tendo batido as costas na parede do outro lado do túnel e caído no chão, Léo reforça...

– ... some da minha frente.

Tuca está tão assustado quanto Léo...

– *Ocê*...

... assustado e envergonhado.

– *Ocê* tá melhor?

O movimento de Léo para tentar tirar da boca dele o que pode ter ficado da boca de Tuca é bastante exagerado.

– Bem que eu tinha desconfiado...

Se levantando e limpando a terra de sua roupa, Tuca começa a se ofender.

– Desconfiado do quê?

Acompanhando cada detalhe de Tuca ao se levantar, Léo se afasta... dobrando os dedos e comprimindo-os contra as palmas da mão.

– Do seu jeitinho... jeitinho de *gay*.

– *Gay*?

– Você se aproveitou da minha prima ter sumido... pra chegar perto de mim... e me beijar...

– ... eu...

Comprimindo as mãos ainda mais, Léo dá mais um passo para trás.

– ... não chega muito perto...

– ... eu só...

– ... se você se aproximar mais, eu...

Afundando o gorro preto na cabeça, Tuca parece recuperar a sua segurança... e dá um passo na direção de Léo.

– Então, tá...

Os dedos de Léo começam a ceder dentro dos socos que ele tinha armado. Tuca percebe; mas faz que não percebe...

– ... me bate... quero ver.

Léo está com medo...

— ... não chega muito perto, Tuca...

— ... me bate, Léo.

... medo de Tuca e medo dele mesmo... isso deixa a sua voz um pouco mais suave.

— ... eu disse que ia bater, se você chegasse muito perto e tentasse...

Agora é Tuca quem prefere manter alguma distância de Léo.

— ... tentasse o quê?

— Me... beijar... de novo...

A gargalhada de Tuca sai bem nervosa.

— ... e quem foi que disse que eu beijei *ocê*, seu... seu... *travancado*.

Travancado? Léo não tem a menor ideia do que isso quer dizer. Será que quer dizer *gay* na gíria dos mineiros? Léo prefere não ter com Tuca a intimidade de perguntar isso. Tuca continua se explicando, como se estivesse dizendo o óbvio...

— ... eu vi que *ocê* estava sufocando e tentei ajudar...

Quando Tuca comenta o sufoco de Léo, o garoto não consegue deixar de pensar no que aconteceu: sua prima Ana Clara sumiu dentro da mina... e continua sumida! A lembrança da prima o desespera de novo... o desespero faz Léo se lembrar de Tuca tentando ajudá-lo a respirar... o medo que Léo sente de Tuca tentar repetir o que fez é maior do que o desespero de sua prima ter sumido... e Léo fica confuso.

— Não chega perto de mim...

— ... escuta aqui: se eu quisesse beijar algum menino, não seria *ocê*.

A explicação de Tuca, mais do que tranquilizar, perturba Léo. Com a explicação, indiretamente, Tuca teria falado que beija meninos? Ou ele só quis ofender? Léo prefere continuar não tendo intimidade com Tuca para perguntar isso.

— ... e a minha prima?

A tentativa de Léo de trazer a história para o problema que os une naquele momento deixa Tuca aliviado.

— Com o tempo que nós estamos perdendo, se alguém pegou ela...

— Não fala assim.

— Vamos voltar pra procurar a Ana Clara.

Os dois garotos viram-se de costas e, bastante intrigados, começam a voltar pelo caminho de onde vieram. Léo faz questão de manter o máximo de distância possível de Tuca.

— Antes da Ana Clara sumir, você escutou alguma coisa?

— Nada... e isso eu tô achando muito estranho.

— Por quê?

— Qualquer pedrinha que se mexe aqui faz eco.

— É.

Já não tem mais o menor sinal do que acabou de acontecer entre Léo e Tuca. Só a cumplicidade de estarem procurando por Ana Clara.

— Se alguém tivesse pegado sua prima...

— Não fala assim.

— Eu tenho que falar, uai... pode ter acontecido.

— Tá... mas não fala.

Respeitando o pedido de Léo, Tuca tenta se expressar de outra maneira.

— Qualquer coisa que tivesse acontecido, teria tido algum barulho e, por menor que fosse, eu teria escutado.

— ... ou eu!

— É mais provável que eu escutasse do que *ocê*.

— Exibido!
— Não é isso: eu tô mais acostumado com esse tipo de silêncio.
— No silêncio, qualquer pessoa escuta tudo.
— Mas *ocê* não escutou a sua prima desaparecer.
— Nem você... por que parou?

Em vez de responder, Tuca aponta uma bifurcação que ele não tinha percebido.

— *Ocê* tinha visto essa passagem?
— Nem você.

Tuca observa o corredor que ele acaba de perceber.

— A passagem de ar, aqui, está um pouco mais forte do que por onde nós fomos...
— E daí?

A resposta de Tuca é seguir pelo corredor.

— Aonde é que você tá indo, Tuca?
— Vem comigo.

Seguindo Tuca pelo corredor, Léo percebe que ele é cheio de curvas.

— ... parece mais um labirinto.
— Mas não é...
— Eu já percebi que é só um corredor.

Algo que Tuca sente anima-o.

— ... e que o ar aqui dentro está aumentando, *ocê* percebeu?

Mesmo sem querer dar o braço a torcer, é impossível Léo não perceber que, a cada passo, o corredor fica um pouco mais ventilado.

— Claro que tô percebendo, Tuca.

Também a cada passo, além de mais ventilado, o corredor fica também levemente mais claro. Tuca acelera o passo.

— Deve ter alguma uma saída...

... e tem mesmo. Um pouco mais à frente, já se veem reflexos da luz do dia. Léo também acelera.
– Sua prima deve ter saído por aqui.
– Mas saído como? Saído por quê?
– Eu é que vou saber? A prima é sua.
– Como você é grosseiro, hein?
– Ah... até agora há pouco eu não gostava de menino?
Léo se lembra do que aconteceu e fica envergonhado.
– Será que dá pra *ocê* entrar num acordo com *ocê* mesmo, Léo?
O tom de duelo da conversa é interrompido pela euforia dos dois garotos ao verem nitidamente a saída a poucos metros. Léo acelera o passo mais uma vez.
– Espera...
O fato de Tuca ter segurado Léo pela jaqueta deixa o garoto mais desconfiado e violento.
– Não vem chegando muito perto, não.
Ignorando a provocação infantil de Léo, Tuca explica o porquê de ter parado.
– A gente tem que sair daqui... mas com cuidado.
– Tem razão. Se aqueles caras puserem as mãos em nós, estamos fritos.
– ... e se eu não levar pelo menos *ocê* até onde tá a Dona Bendita, eu viro sapo.
– Por que você tem tanto medo da Dona Bendita?
– Quando conhecer a velha, *ocê* vai entender.
– Ontem, Seu Zé Pipoca, lá da pousada, falou sem querer que ela era benzedeira.
– Benzedeira? Sei... vamos logo.
– Você não disse que era pra gente ir devagar...
– ... mas é pra ir, não é pra ficar plantado nesta mina como se fosse uma pepita de ouro.

Ver-se chamado de pepita de ouro – e principalmente o fato de a palavra pepita ser feminina e terminar com a letra "a" – deixa Léo nervoso.

– Quer apanhar, é?

– Queria ver se aparecesse um morceguinho... assim... desse tamanhinho... pra onde é que ia toda essa sua valentia.

Quando Tuca volta a andar...

– Tuca...

– O que foi agora, menino?

É com alguma dificuldade que Léo começa a falar...

– ... eu pensei uma coisa...

– Desembucha.

... como se para ele fosse muito difícil dizer o que pensou.

– ... aqueles caras...

– O que é que tem?

– ... eles estão atrás de mim e da minha prima, certo?

– É *ocê* quem tá dizendo.

– E se eles... tenho até medo de falar...

– Mas, pra eu entender, *ocê* tem que falar.

– ... se eles pegaram mesmo a minha prima e estão atrás de mim...

– Será que dá pra *ocê* falar coisa com coisa?

Buscando uma coragem sabe-se lá onde, Léo consegue levar seu raciocínio até o final.

– ... os caras estão atrás de mim e sabem que eu estou com você... e que você está de gorro preto...

Pela maneira como Tuca arregala os olhos, ele já percebeu aonde Léo pretende chegar...

– ... e se a gente mudasse de roupa, antes de sair daqui, Tuca... até porque, se for pra fugir dos caras, você conhece a mata melhor e pode ser mais rápido do que eu.

... e Tuca não gostou nada de ter percebido aonde Léo quer chegar!

— Trocar de roupa com *ocê*? Nem morto...

A ideia de Léo, além de aborrecer Tuca, deixou o garoto ofendido. Léo também se ofende; mas fica intrigado – muito intrigado! – ao ver que Tuca começa a transpirar e que o suor dele escorre por baixo do gorro.

— Eu só quero poder ficar livre pra encontrar minha prima.

— Até parece que um borra-botas como *ocê* vai conseguir se virar sozinho no meio do mato.

— Espera aí... você não tá achando que eu quero ver você sem roupa, tá?

— Eu tô achando que *ocê* não tem a menor ideia de onde está metido... e vem logo... vamos fazer o seguinte: eu saio primeiro da mina, vasculho em volta e vejo se tá tudo bem... aí eu volto e você sai.

Léo sente medo de alguma coisa na ideia de Tuca.

— Você não tá pensando em me deixar aqui sozinho, tá?

— Se eu não tivesse medo de virar sapo, bem que eu deixava...

Nesse momento, os dois garotos já estão bem na saída da mina.

— ... eu vou lá fora e já volto.

A afirmação de Tuca de que ele voltaria logo causa ainda mais medo em Léo. Que razões Tuca teria para ser sincero com ele? Afinal, nos últimos minutos, nas últimas horas, Léo tem sido o tempo todo grosseiro com Tuca. E mais: os dois se conhecem há poucas horas. Mais ainda: e se Tuca faz parte de um plano para pegarem Léo, Ana Clara e Didi? Se Tuca tem algo a ver com o sumiço de Ana Clara? E agora preparou tudo, deixando Léo sozinho, para quem quer que esteja por trás dele – provavelmente, os Metálicos – apareça e leve Léo dali... e para sempre...

– ... o cara não vai voltar.

E agora? O que Léo deve fazer? Sair correndo por dentro da mina procurando outra saída?

– ... acho que é isso mesmo...

Quando Léo começa a correr, mina adentro, ele escuta...

– ... tá maluco, menino?

Tuca voltou. Léo para e olha para ele um pouco sem graça.

– Onde é que *ocê* estava indo?

– Eu achei que você não fosse voltar.

– Deixa de ser bobo... tá tudo calmo lá fora... pelo menos, é o que parece.

– Aonde essa saída vai dar?

– Pelo que eu pude ver, perto da estrada que liga Mariana a Ouro Preto... vamos?

– Vamos.

Assim que saem da mina, Léo tem que proteger os olhos por causa da luminosidade da manhã, cada vez maior. Mesmo com o sol intenso, está um pouco frio. Léo ajeita melhor o boné na cabeça. Tuca faz o mesmo com seu gorro. O mato por onde os dois garotos seguem é baixo, lembra um pouco um campo de futebol que não tem a grama aparada há muito tempo.

– Ainda bem que as minas de ouro tinham várias entradas.

– Acho que a coisa não era bem assim, não, Léo... os donos das minas faziam uma entrada só.

– E as outras?

– Eram feitas pelos ladrões, para roubarem o ouro.

Tuca faz um sinal para Léo parar... e parar em silêncio. Léo não entende e sussurra:

— Por que parou?

Em vez de responder com palavras, Tuca aponta uma árvore um pouco mais à frente, para que Léo confira um pássaro grande e de asas vermelhas que está em um galho dando bicadas nervosas em um pequeno fruto amarelo.

— Que animal!

O pássaro é muito bonito. O brilho vermelho de suas penas lembra um pouco o fogo. Ao ouvir a exclamação de Léo, o pássaro se assusta e sai voando...

— ... não sabe nem olhar passarinho...

— Se liga, Tuca.

— ... assustou o tié-sangue.

— Eu não assustei ninguém, esse passarinho é que é um estressado.

— Passarinho estressado?

— Quer saber: eu acho que a natureza não é um lugar, assim, tão calmo coisa nenhuma... repara como os passarinhos ficam se mexendo rápido o tempo todo... isso é estresse.

— Bem esquisita essa sua ideia... *ocê* achou o tié-sangue bonito?

— Claro que achei.

— Sabia que, se alguém prender um tié em uma gaiola, ele vai perdendo a cor... perdendo a cor... até desbotar?

— Não sabia, não.

Quando Léo e Tuca chegam à beira da estrada, quase já não há mais clima de rivalidade entre eles.

— O que é que *ocê* quer fazer agora, Léo?

A pergunta de Tuca assusta Léo... só até ele perceber que Tuca está falando sobre o que Léo quer fazer para procurar sua prima.

— Eu tenho que encontrar a Ana Clara.

Pela maneira insegura como Léo diz essa frase um

tanto quanto óbvia, fica claro para Tuca que o garoto não tem a menor ideia do que fazer para encontrar a prima.

– Bom, Léo... por esta estrada, nós podemos tanto ir para Mariana, para o sítio onde tá a Dona Bendita, quanto para Ouro Preto, que é uma cidade maior... ou voltar para a pousada...

– Você não disse que, se não me levasse até a Dona Bendita, ela ia transformar você em sapo... ou em um burro?

Tuca fica um pouco sem jeito...

– ... disse.

A confusão parece estar aproximando os dois garotos...

– Mas e a sua prima? Quero ajudar *ocê* a encontrar Ana Clara.

Eles estão cada vez mais amigos. Léo pega o celular no bolso.

– Talvez fosse bom eu ligar pra Didi.

Observando algo na estrada, Tuca quer saber...

– *Ocê* também não disse que sua tia tava com o neto da Dona Bendita?

– Espero que ela ainda esteja.

– Então, deve ser ela quem tá vindo a pé com o Tiago, pela beira da estrada.

– Diiiii...

Léo começa a chamar a tia totalmente animado...

– ... diiii....

... quando ele termina de chamar Didi, o que o garoto sente é uma enorme sensação de desconforto... que cresce... cresce... cresce... e explode em uma angustiante tristeza... que cresce mais ainda e se transforma em saudade... saudade que Léo pensa ser de Ana Clara... mas não é... não naquele momento...

– Não...

... as coisas pioram ainda mais dentro de Léo quando o garoto percebe que a fitinha amarela de Nosso Senhor do Bonfim já não está mais amarrada em seu pulso esquerdo.

– ... não pode ser.

Léo sente um arrepio... e congela... e superaquece... e começa a transpirar... tudo isso porque ele acabou de entender exatamente do que ele está sentindo falta naquele momento: da boca de Tuca.

9

– LÉÉÉÉO....

Como se fosse uma cena de cinema, quando uma tia e um sobrinho vão se reencontrar depois de algum tempo distantes, ou de grande perigo, Didi e Léo correm um em direção ao outro pela beira da estrada, para se abraçarem.

Mas parece que pelo menos um dos protagonistas da cena – no caso, Didi – está mais atento e já entendeu que aquele momento não é depois de nenhum perigo, e sim durante.

Um pouco antes de chegar a Léo, Didi percebe que Ana Clara não está com ele, para e olha para o sobrinho com uma expressão que mistura bronca, curiosidade e medo ao mesmo tempo.

– Léo?!

A exclamação de Didi sai como uma advertência. Ao ver a expressão que acompanha a exclamação de Didi, Léo não percebe a curiosidade nem o medo; só a bronca. Bronca que ele acha que é pelo que o garoto acaba de sentir – saudades do beijo de um outro garoto. Léo fica vermelho, assustado...

– Desculpa, Didi...

... e envergonhado.

– ... eu posso explicar...

– Onde está a Ana Clara?

Ao ouvir o nome de sua prima, Léo sente um alívio. Não é sobre ele e seus recentes e estranhos sentimentos que Didi está falando. É sobre Ana Clara! Claro que o alívio dura pouco... e Léo se repete, agora com um pouco mais de gravidade.

– ... eu posso explicar...

– Ex...

Temendo pelo pior, Didi se engasga.

– ... ex... explicar o quê?

Léo sabe que não tem tempo a perder.

– A Ana se perdeu lá dentro...

– Ela não tá mais lá, Léo... nós já procuramos.

Quem contradiz Léo é Tuca, que chega exatamente ao mesmo tempo que Tiago; só que do sentido contrário ao que ele vinha, claro.

– O que você está fazendo aqui, Tuca?

Tiago não gostou nada de ver Tuca ali e envolvido nessa história.

– Não é da sua conta.

Tuca não gostou nada da maneira como Tiago falou com ele.

– Quem é esse menino?

Agora Didi não está entendendo mais nada; se é que ela estava.

– É o Tuca, Didi. Ele foi até a pousada procurar por mim e pela Ana Clara a pedido da avó do Tiago... ele trabalha com ela.

Ouvir o que Léo acaba de dizer deixa Tiago ainda mais bravo com Tuca.

– É mentira dele...

Léo olha para Tuca desconfiado. Tuca afunda um pouco mais o gorro preto na cabeça. Tiago fica furioso.

— Como assim? Tuca, você...
— Não diz nada, Tiago... por favor...

É a primeira vez que Léo vê Tuca parecer tão inseguro quanto um gato acuado atrás de uma poltrona. Léo não tem muito tempo de pensar sobre isso. Precisa se ligar na explicação que Tuca começa a dar...

— Dona Bendita pediu que eu viesse buscar os dois pequenos que estavam com a mulher que ela pediu pra você trazer.

Pela maneira violenta como Tiago se aproxima de Tuca, parece que ele vai bater no garoto.

— Você tem culpa por tudo o que está acontecendo com a minha avó, Tuca.
— Não fala bobagem.
— Se não fosse você, ela já teria parado com essa história há muito tempo.
— Deixa de ser ignorante, Tiago.

A bronca que Tuca dá em Tiago causa mais efeito do que a bronca que Tiago vinha dando em Tuca.

— Ignorante? Eu é que sou ignorante? Se vocês não tivessem mexido com essas bobagens, a minha avó não teria sido raptada... sequestrada... sei lá por quem...
— A sua avó tá no sítio dos padres.

A informação de Tuca desconcerta Tiago.

— O que é que os franciscanos têm a ver com isso?

Ao ouvir que os tais padres do sítio são franciscanos, Léo e Didi trocam um olhar bastante cúmplice.

— Dona Bendita sabia que, com a chegada do Léo, da Ana Clara e da tia deles, as coisas iam piorar para o lado dela... e pediu minha ajuda. Já que o medo dela era sumir, eu dei um jeito de parecer que ela tinha sumido, pra confundir seja lá quem fosse atrás dela.

— Como assim "seja lá quem fosse atrás dela"? Você não sabe de quem a minha avó estava tentando escapar?

— Não acredito que *ocê* tá me perguntando isso, Tiago. A sua avó, por acaso, é lá de ficar dando detalhes? Ou explicando as coisas?

É o silêncio de Tiago que confirma Tuca. Também é o silêncio de Tiago que traz de volta a pergunta original de Didi para Léo...

— Onde está a Ana Clara?

... só que, agora, como Didi teve tempo de pensar um pouco sobre a ausência da sobrinha, a pergunta sai mais intrigada do que aflita. O jeito como Didi pergunta aumenta a responsabilidade de Léo sobre a prima... ou a irresponsabilidade, já que aparentemente ele deixou a garota se perder. Léo sabe que não adianta enrolar...

— Não faço a menor ideia de onde está a Ana, Didi. Nós entramos em uma mina de ouro abandonada e...

— Léo, quando eu acordei e vi que vocês não estavam na pousada, claro que eu fiquei um pouco preocupada, mas só um pouco... eu sabia que em algum momento você e a Ana iam tentar fazer a coisa do jeito de vocês e eu tenho razões de sobra para confiar nesse jeito. Ou melhor, acho que eu tinha...

Quase chorando, Didi faz uma pausa em seu desabafo. Léo sente mais culpa...

— Não chora, Didi.

— Onde é que eu estava com a cabeça quando concordei em vir pra cá?

— Desculpa, Didi, mas você sabe muito bem que não ia adiantar nada a gente não vir pra Minas... e que você não ia conseguir ficar sem vir... nem eu nem a Ana...

O que ouviu de Léo começa a deixar Didi menos aflita,

mas não menos preocupada. Didi olha para a enorme montanha de onde ela e Tiago acabam de descer.

— A mina onde vocês perderam a Ana Clara é... espera um pouco: por que vocês entraram em uma mina de ouro abandonada?

Chegou o momento que Léo mais temia. Por mais difícil que seja para Léo dizer o que dirá, o garoto sabe que precisa ser sincero.

— Pra fugir dos Metálicos.

Didi fica pálida... muda... e quase cai para trás! E ela teria caído, caso Tiago não a tivesse segurado pelo braço.

— Não pode ser.
— Fica calma, Didi.
— Se eles pegaram a Ana...

Como Léo gostaria de contradizer a tia nesse momento! Infelizmente, ele está pensando exatamente a mesma coisa que ela.

— Vamos até a polícia.

Conferindo que Didi está um pouco mais recuperada, Tiago solta do braço dela.

— Acho que não dá mais para você não me dizer exatamente quem são esses caras, Didi.
— Tem razão, Tiago.
— Vamos indo lá para a cidade. No caminho você me explica.

Tuca lembra-se da missão que Dona Bendita lhe confiou... e fica com medo!

— Será que não é melhor irmos pro sítio dos padres?
— Acho que o Tuca tem razão, Didi.
— Daqui pra frente, Léo, o que você acha será, no máximo, ouvido... as coisas voltarão a ser feitas do meu jeito.

A maneira magoada como Didi fala com ele deixa Léo bastante triste...
— Mas eu não tive culpa, Didi.
Ainda mais a maneira como ela o ignora e olha para Tiago, que sorri...
— Estou com você, Didi.
— Primeiro, vamos à polícia...
Aparentemente por acaso, uma caminhonete velha aparece na estrada, vindo de Mariana e em direção à montanha.
— Deve ser o guincho que o seguro mandou para rebocar seu carro, Didi.
Léo se assusta.
— O que aconteceu com o seu carro?
— A direção travou de novo e quase caímos na ribanceira.
— Só não caímos porque o carro bateu de frente com uma árvore... por favor, Tiago, faça sinal para o motorista parar.
O motorista atende aos sinais de Tiago. Em poucas palavras e com uma gorjeta, Didi convence-o a levá-los à cidade, antes de rebocar o carro. Ainda bem que o motorista é bem magro. Assim, os dois "adultos" e os dois "médios" conseguem se acomodar ao lado dele no único banco disponível. A estrada está cheia de buracos.
— O que a senhora vai fazer na delegacia, dona?
Didi é rápida:
— Fazer o boletim de ocorrência de meu acidente.
Só agora Léo se lembra de perguntar:
— Você se machucou, Didi?
Depois de sorrir para o sobrinho um pouco mais amigavelmente, Didi responde:
— Não, Léo. Só o Tiago é que está com um pouco de dor no braço.

— Eu sabia...

Todos os olhos se voltam para o motorista, tentando decifrar por que ele teria feito essa observação.

— A senhora, que é de fora, não se machucou... e o Tiago, que é daqui, se machucou.

— E daí?

— E daí que esse acidente deve fazer parte da maldição que a nossa gente tá vivendo, depois que esses mortos-vivos começaram a aparecer.

— Não diga bobagens, senhor.

— Bobagens? *Ocês* vão ver só...

Tiago fala baixo com Didi.

— Você vai dizer pra polícia que a Ana Clara sumiu ou...

Vendo que a atenção do motorista em relação a eles é cada vez maior, Didi sorri para Tiago, como se fosse dizer a coisa mais natural do mundo.

— É melhor deixarmos pra conversar na delegacia, Tiago.

Léo, que está ao lado de Didi, começa a ficar aflito. Didi percebe, mas não dá mostras de que percebeu.

— Chegamos.

Depois que recebe de Didi a gorjeta combinada, o motorista agradece e diz que vai buscar o carro dela e levar para o pátio da delegacia. Pouco importa a Didi a explicação dada pelo motorista. Ela quer se livrar dele o mais rápido possível.

— Obrigada... obrigada...

Quando Didi, Tiago, Léo e Tuca vão entrando na delegacia, Léo para e pede que Didi espere um momento.

— O que foi agora, Léo?

Léo não sabe direito como responder à pergunta da tia. O que fez com que ele parasse foi a lembrança do brilho dos olhos de jabuticaba de Ana Clara.

— Eu preciso que você confie em mim, Didi...

Mas não se trata de uma simples lembrança. Na imagem, é como se Ana Clara quisesse dizer alguma coisa para Léo... mas o quê?

– ... deixe que eu falo com a polícia, Didi.

Didi se assusta! Muito mais com o jeito de falar de Léo do que com o que ele disse.

– Por quê, Léo?

– Eu não sei explicar agora... mas você começa a falar, só diz que veio dar queixa do desaparecimento da Ana Clara... e deixa o resto comigo...

Alguma coisa mudou em Léo... e para melhor... para maior... Didi não se lembra de ter visto tanta segurança nele.

– Mas, Léo...

– ... confia em mim, Didi, nem que seja pela última vez.

O delegado titular está de férias. Quem atende Didi é o Delegado Viola, que está de plantão.

– No que posso ajudar a senhora, Doutora Mirtes?

Mesmo quase pulando da cadeira de tanta ansiedade pelo que sua tia dirá, Léo tenta demonstrar tranquilidade e segurança.

– Minha sobrinha Ana Clara desapareceu... e eu quero dar queixa do desaparecimento dela...

Didi pega o celular de Ana Clara em sua bolsa.

– ... ela deixou o celular na pousada onde estávamos... nele, tem várias fotos dela...

Vendo que as coisas não sairão como ele gostaria, Léo começa a murchar na cadeira onde está sentado.

– ... nós viemos para Minas... para... para...

Algo dentro dela impede que Didi continue... ela não entende o que é.

– ... desculpe, Delegado, acho que eu estou muito nervosa.

Tudo o que tinha murchado em Léo se enche novamente de euforia; e o garoto vê de novo os olhos cor de jabuticaba de Ana Clara querendo lhe dizer alguma coisa. Estranhamente, como se tivesse levado um empurrão, o garoto pula da cadeira onde estava sentado e vai até a mesa do Delegado Viola.

— Se o senhor não se incomodar, Delegado, eu posso explicar o que aconteceu... eu estava com a minha prima quando ela sumiu.

Um pouco confuso com a intromissão de Léo, porém surpreso com a segurança do garoto, o Delegado Viola faz um sinal para que Léo vá em frente. Nesse momento, Léo entende perfeitamente o que a imagem dos olhos de Ana Clara está querendo dizer: que ele precisa ganhar tempo. E o garoto começa a atender ao pedido da prima...

— Minha tia é historiadora e veio para Minas Gerais fazer uma pesquisa sobre os índios TUTU, com o pessoal da ONG onde o Tiago, que é muito amigo dela... não é, Tiago?

A reação de Tiago é quase de descrédito...

— ... é?...

... o Delegado está atento.

— ... ah! É...

— A ONG do Tiago trabalha com esses índios... bom, a pesquisa vai ser feita lá na Universidade Federal, em Belo Horizonte, mas só começa daqui a dois dias... nós viemos antes para visitar a avó do Tiago, a Dona Bendita, que é muito legal, o senhor conhece ela?

— Quem não conhece a Dona Bendita?!

— Então... só que como nós nos atrasamos muito pra vir pra Mariana, por causa de um problema no carro da minha tia, chegamos aqui muito tarde... e tivemos que ir dormir na pousada, no alto da montanha. A pousada é de uns amigos do Tiago... bom, aí, de manhã, o Tuca, que é amigo meu e da Ana Clara já faz um tempão, foi lá encontrar a gente e nós combinamos de vir a pé... ainda bem! Porque senão podíamos ter nos machucado no carro da minha tia, que bateu em uma árvore...

Os detalhes e a euforia de Léo estão deixando o Delegado um pouco atordoado.

– Será que você não conseguiria ser mais objetivo?

Exatamente como Léo queria que acontecesse!

– Desculpa, foi mal... quando eu e o Tuca estávamos descendo pela estrada, vimos um tié-sangue, aquele passarinho que desbota se tiver que viver em gaiola, sabe?

O Delegado se irrita...

– O que é que o tié-sangue tem a ver com o desaparecimento de sua prima?

– ... eu já vou chegar lá... quando nós saímos da estrada e entramos na mata perto da estrada pra ver o tié-sangue mais de perto, a Ana Clara ficou na estrada, ela tem um pouco de medo de mata; sabe como é garota, né?

– Sei... mais depressa, garoto.

– Aí, quando eu e o Tuca voltamos pra estrada: cadê a Ana Clara?

– Eu estou aqui.

Ao ouvir a voz de Ana Clara, que acaba de entrar na sala do Delegado, Didi pensa estar tendo uma alucinação...

– Ana...

... e corre em direção à sobrinha, que, tranquilamente, arregala um pouco mais os olhos e sorri aceitando o abraço da tia.

– Desculpa se assustei você, Didi, mas eu precisava fazer isso.

– Está tudo bem?

— Hum-hum.
— Onde você estava?
Léo se aproxima das duas.
— Que susto, Ana. Se liga.
— Desculpa, Léo, foi mal.
— Está tudo bem com você?

A pergunta que Tiago faz para saber se está tudo bem não é para Ana Clara, e sim para Zé Pipoca, que está parado na porta da sala do Delegado Viola, segurando um saco de plástico azul e aparentemente pesado.

— Tá, sim, Tiago... obrigado.

Todos, inclusive Léo, ficam confusos com a enigmática figura de Zé Pipoca segurando aquele saco de plástico azul. Ou melhor, todos menos Ana Clara.

— Acho melhor eu falar tudo de uma vez... antes de mais nada, Didi, eu sei que errei não avisando você... se eu avisasse, você não ia deixar eu fazer o que eu precisava...

— E o que é que você precisava fazer, menina?
— Mostra pra eles, Seu Zé Pipoca, por favor.

Zé Pipoca despeja o conteúdo do saco azul no chão. São pedaços de ossos sujos de terra e alguns pedaços de pano velho. Tuca se assusta.

— *Creinsdeuspai*!

Didi se assusta ainda mais...

— O que é isso, Ana?

Com a maior naturalidade que Ana Clara consegue dar à sua voz, ela responde à pergunta de Didi:

— A procissão dos mortos-vivos.

Tuca se assusta mais ainda!

— Não brinca com isso, Ana.
— É melhor eu começar pelo começo... São uns pedaços de ossos velhos que os cachorros da pousada comem, só que

nós sujamos de terra os ossos e pegamos alguns trapos da pousada... pra explicar melhor a minha teoria.

Se o Delegado já vinha confuso com a história de Léo, agora, com o que ele está ouvindo de Ana Clara, está pra lá de atordoado...

– E eu posso saber qual é essa teoria?

– Esses pedaços de ossos e os trapos também podem ser uma procissão dos mortos-vivos... depende da capacidade de acreditar de cada um.

– Como assim?

Ana Clara está cada vez mais empolgada com o que está dizendo...

– Melhor começar mais pelo começo ainda... eu acordei, antes do que o Léo e a Didi... e fiquei conversando com o Seu Zé Pipoca, enquanto tomava meu café da manhã, não foi, Seu Zé?

– Foi sim, filha.

– ... e ele me contou sobre os detalhes da procissão dos mortos-vivos. Desde ontem eu estava intrigada com esse assunto. Aí, pelas coisas que ele descreveu mais o que eu já tinha ouvido, eu fiquei achando que aquilo mais parecia um trailer de filme de terror.

– Ana...

Quem tenta repreender e frear Ana Clara é Tuca. É inútil! Ana Clara está sem freio...

– ... bem... eu, como sempre, fiz um monte de perguntas... e, juntando a minha conversa com Seu Zé Pipoca, mais o que o Tuca e o Tiago disseram pra gente assim que chegamos a Ouro Preto sobre minas de ouro abandonadas e a possibilidade de ainda ter ouro por aqui... eu cheguei à conclusão de que a tal procissão dos mortos-vivos, que está assustando todo mundo e impedindo até as festas do meio do ano, é algum grupo de bandidos fantasiados de mortos-vivos com ossos e roupas velhas que eles acharam em alguma mina abandonada. É tudo uma armação... e digo mais: a armação é das grandes...

A velocidade e a segurança com a própria lógica de Ana Clara são tão grandes que fica difícil para o Delegado Viola achar espaço dentro de sua cabeça para criticá-las.

– ... armação das grandes?

Ana Clara arregala um pouco mais os olhos e, simulando uma humildade que nem de longe ela tem, a garota sorri quase tímida:

– ... uma armação ou um plano que tenha até helicóptero envolvido não é das pequenas... ou é?

– Helicóptero?

– Desde que chegamos, nós já ouvimos várias vezes um helicóptero indo e vindo na direção do Morro da Queimada, na entrada de Ouro Preto.

– E qual seria esse plano, Ana Clara?

Um pouco mais relaxada, Ana Clara consegue ver, discretamente, que na placa sobre a mesa do Delegado está escrito sob o nome dele a palavra "substituto". Isso a anima ainda mais... e ela passa a falar com mais simpatia ainda.

– Ah... eu não sou adivinha... só uma pessoa como o senhor, com a competência de um delegado de verdade, é que é capaz de desvendar esse mistério...

A pausa de Ana Clara é porque ela sabe muito bem que o sucesso de seu plano depende exatamente de como ela dirá as próximas frases... e o temor de escolher errado a sua próxima intenção assusta Ana Clara... se ela for muito frágil, pode parecer falsa ou não conseguir envolver o Delegado Viola da maneira como ela precisa. Se a garota for muito segura, o Delegado pode se sentir desrespeitado e, por isso, deixar de atender ao pedido dela... Depois de muito pensar, Ana Clara resolve apelar para a melhor entre as suas muitas estratégias: a sinceridade.

— ... será que o senhor não poderia mandar alguns policiais até o Morro da Queimada para darem busca nas minas abandonadas procurando os disfarces? Onde estiverem os disfarces deve ser a toca dos bandidos. Desculpe a minha intromissão, mas não mande muitos policiais, pra não chamar a atenção deles... nem tão poucos, para os policiais não ficarem em desvantagem.

Foi um pouco de exagero da parte de Ana Clara ela ter tentado dizer até a quantidade de policiais que o Delegado Viola deveria mandar na busca. Ela quase pôs tudo a perder. Mesmo tendo achado a atitude um pouco arrogante, o Delegado Viola entendeu isso como nervosismo ou infantilidade e achou melhor não perder mais tempo. Olhando a palavra "substituto" embaixo de seu nome na placa sobre a mesa, ele avisa:

— Eu vou acompanhar o grupo de policiais pessoalmente. Iremos em apenas dois carros.

Ana Clara suspira aliviada... e cochicha com Léo:

— Espero que seja o suficiente pra chamar a atenção dos Metálicos.

Léo não está entendendo muito bem onde a prima está querendo chegar; e o garoto quer entender...

— Daqui a pouco você vai ter que me explicar tudo.

O Delegado Viola faz um pedido:

— Para a segurança de vocês, especialmente para a segurança de Ana Clara, se essa teoria dela for verdade, eu peço que vocês fiquem aqui na delegacia até voltarmos.

Em seguida, ele orienta dois policiais para que fiquem na porta da delegacia e impeçam a entrada de qualquer estranho, e chama um terceiro policial para acompanhar o grupo em sua ausência...

– Sim, senhor.

E sai com os policias que ele convocou.

Sentindo-se em liberdade vigiada pela presença do policial, Didi prefere ser discreta e falar baixo quando se aproxima de Ana Clara para tirar algumas dúvidas.

– Eu nunca ouvi tantas mentiras juntas, Ana...

A garota apenas sorri...

– Você sabe mesmo o que está fazendo?

– Sei... acho que eu sei... quer dizer... eu posso responder daqui a pouco?

Não foi preciso mais do que quatro horas para Ana Clara poder responder à sua pergunta com mais exatidão. Três horas e quarenta minutos depois de ter saído com os policiais para dar a busca nas minas abandonadas do Morro da Queimada, o Delegado Viola volta à sua sala com ar eufórico... mas também intrigado. O coração de Ana Clara dispara...

– E aí, Delegado?

– Você não tem ideia do que fez, menina.

A frase do Delegado Viola soa estranha; porém, ela não parece ser de repreensão, e sim de agradecimento.

– O senhor encontrou os Metá... quer dizer, o senhor encontrou os donos do helicóptero?

– Não... eles fugiram... e devem ter levado com eles tudo o que tinham em seu esconderijo.

Ana Clara começa a ficar confusa.

– Então, o senhor não achou... nada?

– Pelo contrário: eu achei cinco bordadeiras de fuxico!

A troca de olhares aliviada de Ana Clara, Léo e Didi não passa despercebida a Tiago, Tuca nem ao Delegado Viola.

Mas ninguém comenta, por enquanto. Tiago quer mais explicações do Delegado.
— Bordadeiras de fuxico?
— São as bordadeiras que tiveram aqueles sintomas estranhos e que todos achavam estar internadas em Belo Horizonte, Tiago... na verdade, elas estavam sendo mantidas em cativeiro em uma das minas abandonadas. A mina estava reformada, tinha ar-condicionado, luz... e parecia ter algo como um escritório, ou laboratório... só que estava vazio... Pelos rastros, o local foi esvaziado às pressas... os bandidos descobriram que nós estávamos chegando lá.
— Mas... e as bordadeiras... como foram parar lá?
— Elas não sabem... nesse momento, a viatura de polícia está levando-as para suas casas... elas estavam ainda sonolentas... uma delas, a que estava mais desperta, disse que elas passaram esse tempo todo dormindo, desde que o médico as levou para Belo Horizonte... ou disse que ia levar... por falar em médico, o tal Doutor Falcão... que socorreu as mulheres, na volta, eu passei no consultório dele... e também foi abandonado às pressas... sem deixar vestígio... ele devia fazer parte do plano... espero conseguir apurar que plano era esse... de fato tinham restos de ossos e de tecidos em uma das galerias da mina... deviam ser de mineradores que morreram soterrados, há muito tempo. Os acidentes nas minas eram muito comuns... de alguma maneira e por alguma razão, esses bandidos queriam manter assustada a comunidade local. E por isso resolveram assustar a população inventando a procissão dos mortos-vivos. Sabem como é a crendice do povo...

O Delegado Viola encara Ana Clara.
— Você tem mais alguma coisa a me dizer sobre o assunto, Ana Clara?

Fechando um pouco mais os olhos grandes, Ana Clara realça uma desconfortável expressão de frustração...
– ... quem dera, Delegado Viola.
Um pouco desconfiado, mas sem ter o que dizer, o Delegado Viola agradece a Ana Clara e aos demais e diz:
– Se eu precisar de vocês, mando chamar. Agora, vocês estão dispensados.
Enquanto saem da delegacia, Ana Clara faz questão de ir ao lado de Didi, para poder, finalmente, dizer:
– Agora eu posso responder àquela sua pergunta, Didi: eu sabia, sim, o que estava fazendo.
Léo chega perto de Ana Clara.
– Como é que você fez isso?
– Isso o quê?
– Me mandou uma mensagem... parecia que você estava falando no meu ouvido: ganha tempo, Léo... ganha tempo...
– Para de inventar, Léo!
– Inventar? Agora você vai me contar tudo... desde que você saiu da mina.

10

ANA CLARA NÃO tem medo de lugares escuros. Nem de lugares sufocantes. Então, não foi medo o que ela começou a sentir depois que viu aqueles ossos e restos de trapos no chão dentro da mina de ouro abandonada. Era algo mais importante do que medo e mais profundo do que os sentimentos e sensações que ela já tinha experimentado naquele dia. Era como se os seus olhos tivessem passado a enxergar melhor no escuro – o que pode ter acontecido porque eles já tinham se acostumado à escuridão. Ana Clara passou, também, a andar com mais leveza naquele corredor escuro de terra – o que pode ser porque o desconforto inicial tinha passado. Mais importante do que isso, Ana Clara passou a sentir as coisas com um pouco mais de profundidade e riqueza de detalhes. Por exemplo: é claro que ela sabia que Léo e Tuca estavam ao seu lado, os dois não paravam de falar; mas, além de ouvir e de ver os garotos, Ana Clara começou a sentir a presença deles de uma maneira mais forte... como se fosse um calor... como se fosse a energia deles... ela sentia a si mesma e a Léo e a Tuca como três fontes disformes de calor e de energia se movimentando dentro daquela mina. Aí, Ana Clara deixou de perceber os seus passos... parou de ouvir as vozes à sua volta... e continuou atenta só ao que ela estava sentindo:

a energia. Foi aí que ela levou o primeiro susto. As energias eram diferentes – isso pode ser um pouco óbvio, afinal, são pessoas diferentes –, mas ela começou a sentir que a energia de seu primo era muito diferente da dela – outra coisa óbvia, afinal ela era uma menina –, mas a diferença era maior do que a diferença de sexos. Era diferença de possibilidades de ver e de fazer as coisas. Desde a visita a Salvador com a tia Didi – e as coisas que ela experimentou lá tendo que misturar intuição, velocidade e estratégia para conseguir livrar Didi das mãos dos Metálicos –, Ana Clara passou a ter certeza de que ela era uma menina um pouco diferente das outras. Aliás, ela sempre soube isso. A garota não pensa ter poderes sobrenaturais ou coisa parecida... ela só acha que consegue prestar mais atenção em alguns detalhes do que a maior parte das outras pessoas e que consegue combinar esses detalhes com mais velocidade. Raciocínio rápido? Sentidos mais aguçados? Difícil saber... pela primeira vez, sentindo as energias à sua volta, Ana Clara conseguiu perceber a diferença fundamental entre ela e seu primo. Léo não é tão rápido... nem tão atento... e nem mergulha tão profundamente quando vai pensar sobre as coisas e como fazer essas coisas virarem outras coisas... Bom, aí é que veio o susto maior: ao sentir a energia de Tuca, Ana Clara sentiu que o garoto tem algo mais parecido com a energia dela... e pensando um pouco mais nas atitudes de Tuca, no jeito de ele olhar e de se movimentar de maneira geral e também no jeito dele ao guiar ela e Léo, primeiro pela mata e depois pela mina, pela natureza, Ana Clara começou a ver ainda mais sentido: Tuca pertence ao mesmo grupo que ela, seja lá que grupo for esse.

Quando percebeu que as duas massas de calor e energia, que eram Léo e Tuca, estavam se afastando da massa de calor e energia que era ela; ou, simplificando, quando Ana Clara percebeu que sem querer tinha entrado em outro túnel dentro da mina, ela não teve a menor vontade de voltar. Pelo contrário, ela investiu nesse distanciamento e seguiu por esse novo corredor, como se com aquela separação ela estivesse na verdade juntando pontas muito mais profundas e que iam fazer a sua história caminhar para onde ela – a história – precisaria chegar.

O corredor da mina logo foi ficando mais arejado... começou a aparecer luz... mais luz... um pouco mais de ar... e Ana Clara acabou saindo de volta na mata... e sozinha... e sabendo que os Metálicos poderiam e deveriam estar procurando por ela e por Léo. Ela não tinha medo nem pressa. De alguma forma, Ana Clara sabia que estava protegida. Tanto que a garota até parou um pouco antes da primeira árvore que encontrou ao sair da mina para prestar atenção nos detalhes de um belo pássaro grande e com asas vermelhas que estava acabando de pousar na árvore. Como eram lindos os detalhes do pássaro! Enquanto diminuía a força dos movimentos das asas para poder pousar, o pássaro desenhava no ar algo que parecia duas chamas de fogo... aí ela ouviu os pedaços de galhos se quebrando à sua volta, bem devagar; como se quem estava se aproximando não quisesse que ela percebesse isso, ou não quisesse assustá-la... depois, Ana Clara ouviu um animal farejando, um pouco agitado... ela olhou para o lado de onde vinham os sons e viu Zé Pipoca segurando um dos pastores-alemães pela coleira. Ana Clara não teve dúvidas, tinha que falar com Zé Pipoca, mas sem comentar as coisas que ela tinha sentido – massa de energia, calor... A conversa tinha que ser a mais clara possível... e ela sabia de mais uma coisa: podia confiar em Zé Pipoca. Mesmo tendo se afastado um pouco da árvore, para não assustar o passarinho, Ana Clara achou melhor falar baixo.

— Oi, Seu Zé.
— 'Tava olhando o tié-sangue?
— Bonito ele, né?
— Cadê seu primo?
— Ele tá bem... o senhor sabe onde fica o sítio dos padres franciscanos?

Zé Pipoca não está mais com o tom de um gerente de pousada. Ele está parecendo mais um guardião...

— E quem não sabe? É aqui perto... beirando a estrada.
— A Dona Bendita está lá... e eu preciso falar com ela.
— Mas o que a benzedeira foi fazer lá?
— É uma longa história, Seu Zé Pipoca... mas nós precisamos ser rápidos. O senhor pode me acompanhar?
— E eu lá sou besta de dizer que não?
— Obrigada.
— Acho melhor não levar o cachorro pela estrada; ele pode se assustar... e no sítio dos padres tem muitos cachorros...
— Mas não dá tempo do senhor subir até a pousada.
— Eu não preciso subir. É só soltar o bichinho que ele vai pelo mato.
— Ele não morde?
— Só quem chega perto da pousada... ou pra se defender.

Enquanto acompanha Seu Zé Pipoca soltar o cachorro e falar com ele, Ana Clara presta um pouco mais de atenção nos movimentos do pássaro procurando frutos entre os galhos da árvore.

— Podemos ir, Ana Clara.
— Agora não precisa mais, Zé Pipoca.

A voz rouca e arrogante que diz isso é de uma mulher que aparece na mata. Ana Clara reconhece aquela voz, só não se lembra de onde. A mulher lembra uma índia velha.

Ela é muito magra, tem a pele escura cheia de rugas, usa um vestido branco meio encardido, um lenço preto sobre a cabeça, mas deixa escorrer duas tranças brancas e compridas... ela calça um par de chinelas de dedo de plástico bastante usadas. Mesmo com uma expressão um tanto quanto grave e brava, o brilho dos olhos da mulher é tanto que até parece os olhos de uma criança. Seu Zé Pipoca cumprimenta com respeito.

– 'Dia, Dona Bendita.

– 'Dia...

Mesmo tentando amansar um pouco o tom da própria voz, Dona Bendita não consegue responder com muita gentileza ao cumprimento de Zé Pipoca. Ela encara Ana Clara com total desconfiança; e quase com ciúme.

– Então, *ocê* é a Ana *Crara*, é?

Quando escuta a mulher substituir em seu segundo nome a letra "l" pela letra "r", Ana Clara lembra-se perfeitamente de onde conhece aquela voz: era essa voz que a despertou naquela manhã. A garota se aproxima de Dona Bendita com respeito, mas também com muita curiosidade.

– A senhora quer falar comigo?

– Faz um tempão, minha filha... eu esperei quanto pude... como a Tuca não chegava e vendo que as coisas podiam piorar, eu deixei os padres lá e vim...

Dona Bendita vasculha em volta com os olhos curiosos e vê um atalho...

– O rio tá aqui perto... vamos falar na beira no rio, pra ninguém escutar... Seu Zé Pipoca, o senhor pode ficar aqui, dando cobertura pra gente?

– E quem é que vai se atrever a fazer alguma coisa com a senhora?

– Deixa de bobagem, Seu Zé... vem, Ana *Crara*.

Sem perder um único segundo, Ana Clara segue pela trilha atrás de Dona Bendita. Logo elas chegam à margem do mesmo rio estreito por onde Ana Clara já tinha passado, só que em outro ponto dele.

– Vamos sentar naquela pedra... cuidado que escorrega.

Até com mais agilidade do que Ana Clara, Dona Bendita atravessa as pedras na beira do rio e escolhe uma seca e relativamente plana. Enquanto se senta ao lado de Dona Bendita sobre a pedra, Ana Clara comenta...

– A senhora se mexe na mata como se fizesse parte dela.

– E quem não faz, minha filha? E quem não faz?

A voz de Dona Bendita tem agora outro registro. Não é nada arrogante; pelo contrário, está totalmente amigável... mais do que isso: íntima.

– Vamos falar logo: *ocê* sabe sobre o que tá acontecendo por aqui?

– A senhora tá falando... exatamente... sobre o quê?

– Não enrola, menina. Tá acontecendo uma coisa muito estranha aqui. Uma coisa igual eu nunca vi, e olha que eu já vi coisas... desde o começo da nossa terra, nós já fomos explorados e atacados por todos os lados que *ocê* pode imaginar... por causa do ouro... por causa da riquezas das igrejas e da cultura que vieram com a descoberta do ouro... bandidos... superstições... bandidos inventando superstições pra roubar ouro e obras preciosas... de tudo eu já vi... e quase tudo entendi... e quase tudo o que eram más intenções eu consegui ajudar a desmanchar... mas, o que tá acontecendo agora não passa nem perto das coisas que eu consigo entender... ou transformar... quem são esses homens de terno cinza?

Ana Clara resolve ser tão objetiva quanto foi Dona Bendita.

– Como a senhora ficou sabendo que nós tivemos contato com eles?

— Andou por aqui, há pouco tempo, um franciscano do Rio de Janeiro... que disse que esteve com *ocês* em Salvador e que lá *ocês* tiveram que enfrentar eles... e que, graças principalmente a *ocê*, os homens tiveram que fugir... porque foram descobertos.... e para não serem desmascarados.

Ana Clara sente saudade de seu amigo franciscano...

— A senhora está falando sobre o Frei Garotão... Frei Augusto Garotão...

— Ele mesmo... o frei me falou que lá esses homens estavam sequestrando pessoas do povo, de certa idade, e que aparentemente eles tinham sequestrado a sua tia por engano; mas que isso fez com que tudo fosse descoberto.

— Ele falou só isso?

— Como assim?

— Que as pessoas sequestradas eram simples e de certa idade?

O tom enigmático de Ana Clara não passa despercebido a Dona Bendita.

— O que mais ele poderia falar, uai?

— Essas pessoas que foram sequestradas faziam parte de um grupo, Dona Bendita.

— Que grupo é esse?

— Trabalhavam com a criação de esculturas, pinturas, instrumentos musicais... bordados... eram artistas do povo.

A pausa de Ana Clara é porque ela acha que Dona Bendita já entendeu onde ela quer chegar... mas, pelo visto, ela não entendeu.

— E daí?

— Aqui, provavelmente para não chamar muita atenção, esses homens começaram a sumir com as bordadeiras de fuxico, que é um dos artesanatos típicos da região...

— Mas é um bando de velhas caindo aos pedaços que nem eu.

— ... por isso mesmo, eles podem ter começado pelas bordadeiras... para depois pegarem os escultores de pedra-sabão... os que fazem cerâmicas... os...

As dúvidas estão deixando Dona Bendita cada vez mais frágil.

— Pra quê, menina? Pra quê?

Tomando mais cuidado ainda para não se mostrar superior à senhora à sua frente, Ana Clara passa a falar bem devagar...

— A senhora já ouviu falar em engenharia genética... clonagem...

Dona Bendita se assusta!

— *Creindeuspai*!

— ... minha tia ouviu que esses homens são cientistas e querem pesquisar e encontrar o DNA do artista popular brasileiro... para eles, os Metálicos, serem os donos de tudo o que for criado... e do dinheiro que for ganho com isso.

— Então, essa gente... é doida!

— Doidos ou não... eles têm muito poder... dinheiro... equipamentos caríssimos...

— Como *ocê* sabe?

— Só pelo helicóptero que eles usam, dá pra saber... e em Salvador eles usavam dois helicópteros.

— E por que *ocês* vieram atrás deles?

— Porque, desde que descobrimos isso tudo, nem eu nem minha tia nem o meu primo conseguimos mais ter sossego... e acho que só vamos ter quando... e se... conseguirmos desarmar para sempre essa gangue dos Metálicos...

Ainda mais frágil e assustada, Dona Bendita pergunta:

— Como foi que *ocês* fizeram isso em Salvador?

— Essa é uma longa história, Dona Bendita... e, se eu for contar pra senhora agora, nós vamos perder muito tempo...

Claro que Dona Bendita percebe que na frase de Ana Clara tem alguma mensagem.

— Tempo?

— ... eu acho que, se eu ficar bem atenta às coisas que eu já vi e vivi desde que cheguei aqui e conseguir dar mais uns dois ou três passos na direção certa, eu posso continuar tentando livrar vocês dos Metálicos.

— Não é perigoso?

Ana Clara se lembra de uma frase de Guimarães Rosa; mas prefere fazer uma pequena alteração no tempo do verbo e reforçar o adjetivo, quando vai dizer...

— ... viver tem sido muito perigoso.

— ... e como eu posso ajudar?

— Usando a sua força pra imaginar que eu vou conseguir.

— Então, vai logo. Menina... eu vou ficar aqui mesmo.

— Mas, antes, eu queria que a senhora me dissesse uma coisa.

— Fala logo...

— Como a senhora ficou sabendo que nós vínhamos pra cá?

— O Frei Garotão me disse que sua tia era historiadora e eu pedi ajuda pro meu neto, que também é. Pesquisando na internet, ele descobriu detalhes sobre a sua tia... e acabou sabendo de que ela ia vir a BH... As pontas vão se juntando exatamente onde e como elas precisam se juntar, Ana *Crara*, igual nos bordados de fuxico.

A garota e a senhora trocam um abraço. Ana Clara se levanta com cuidado...

— A senhora não vem?

— Daqui a pouco... vou ficar aqui um pouco, falando

com o rio... depois, vou pegar umas ervas que eu vi ali no mato e tô precisando...

Logo Ana Clara chega ao lugar em que Zé Pipoca está esperando por ela.

— Cadê a Dona Bendita?
— Ela vai ficar um pouco mais.

Zé Pipoca está bem confuso.

— ... e nós?

Ana Clara pensa alto....

— A essa hora, a Didi já deve ter ido pra cidade...

... depois, ela responde para Zé Pipoca, como se tivesse certeza absoluta de estar fazendo o que precisa ser feito.

— ... eu vou entrar na mina de novo.
— E eu?
— O senhor pode me esperar aqui um pouquinho? E depois me levar pra cidade?
— E quem é que vai dizer não pra uma pessoa que é olhada como a Dona Bendita te olhou?

Para Ana Clara entrar e sair da mina, ela não precisa de muito tempo.

— Já voltou?

Zé Pipoca estranha o que ela tem nas mãos...

— Pra que isso?

... três pedaços de ossos sujos de terra e os restos de uma calça quase toda ruída pelo tempo.

— Depois eu falo... pra que lado fica a estrada que leva a Mariana?

Assim que Zé Pipoca e Ana Clara chegam à estrada, eles começam a ouvir o ronco de uma caminhonete velha que vem devagar da montanha em direção a Mariana. Zé Pipoca fica intrigado.

— Quem será que tá saindo da pousada?

— É uma caminhonete de guincho...
Ana Clara se assusta.
— ... é o carro da minha tia que tá guinchado... faz sinal pra ele parar, Zé Pipoca.

Reconhecendo Zé Pipoca, o motorista da caminhonete não só para como explica o que aconteceu. Ana Clara suspira aliviada.

— Então, tá tudo bem com a minha tia?
— Tá... eu levei ela, agorinha mesmo, na delegacia. A moça disse que era pra dar queixa da batida, por causa do seguro... mas eu ouvi uns fuxicos que ela ia tratar do sumiço de uma menina... será *ocê*?

Enquanto o motorista completa a informação, o alívio de Ana Clara vai se transformando em euforia!

— Delegacia... então, a Dona Bendita é mesmo poderosa...

Nem o motorista nem Zé Pipoca entendem o que acabam de ouvir de Ana Clara, que continua...

— ... eu preciso ir até a delegacia urgente... o senhor pode me levar até lá?
— Uma menina? Sozinha?
— Seu Zé Pipoca vai com a gente, não é, Seu Zé?

Ainda sem entender muito bem aonde aquilo tudo vai chegar, Zé Pipoca concorda... mas o motorista vê os pedaços de ossos... e se assusta! O susto com os ossos é tanto que ele nem presta atenção no pedaço de pano.

— O que é isso?

Seu Zé Pipoca é mais rápido do que Ana Clara.

— São uns ossos que eu achei no mato... é pra dar pros cachorros.

A explicação que Zé Pipoca deu aos ossos deixa Ana Clara ainda mais eufórica...

— O senhor não sabe como me ajudou, Seu Zé.

... e quase tranquiliza o motorista, que, ainda um pouco enojado, pega um saco azul, grande, de plástico resistente e o entrega a Ana Clara.

— Guarda esses *trens* aqui dentro pra não sujar a caminhonete de terra.

Com os ossos e o resto de tecido dentro do saco, Ana Clara e Zé Pipoca seguem com o motorista até Mariana. Na porta da delegacia, eles se despedem do motorista e vão entrando...

— Posso pedir mais um favor pro senhor, Seu Zé Pipoca?
— Claro que pode.
— Se eu inventar uma pequena mentira, o senhor confirma... não é contra ninguém... nem contra nada...
— Tudo bem... desde que seja logo. Não aguento mais de curiosidade sobre onde essa confusão toda vai dar...

Ainda do corredor que leva à sala do delegado, Ana Clara escuta a voz de Léo empolgado e tentando ganhar tempo...

— ... *aí, quando eu e o Tuca voltamos pra estrada: cadê a Ana Clara?*

Sabendo que tem que ser rápida e decidida, Ana Clara entra na sala pegando carona na pergunta de Léo para começar a fazer todos acreditarem no que ela precisa que eles acreditem...

— Eu estou aqui.

LUZ E MISTÉRIO

NA CASA DE Dona Bendita e Tiago, está sendo servido um almoço para Didi, Ana Clara e Léo. Ficou combinado que Didi e seus sobrinhos ficarão hospedados lá até que o carro de Didi fique pronto e em condições de viajar com segurança.

Assim como toda a casa, a sala de jantar é simples: tem uma mesa de jantar grande bem velha e cadeiras também velhas e altas de madeira escura. Dona Bendita assou um leitão à pururuca. Como acompanhamentos, ela fez tutu de feijão, arroz de carreteiro e couve refogada. Como sobremesa, compota de doce de cidra e queijo branco.

Mesmo sendo muito magra, Dona Bendita é boa de garfo: o prato que ela fez para si mesma parece uma montanha.

– Mais devagar, Vó... não esquece que o colesterol está alto.

Dona Bendita não gosta nem um pouco da maneira como Tiago fala com ela.

– O que é que *ocê* entende de mim, menino? Eu já gastei muita energia hoje... e vou gastar ainda mais quando for visitar as casas das bordadeiras.

– Deixa isso pra amanhã, Vó.

— E desde quando *ocê* manda em mim?
— Vó...
— Eu tenho que ir lá, ajudar a tirar o medo das pobrezinhas... mas acho que, quando ficarem sabendo que, agora que ficou desmascarada a história da procissão dos mortos-vivos, as festas foram remarcadas, as bordadeiras vão ficar contentes... eu vou na cozinha pegar mais couve.

Ao ouvir Dona Bendita falar sobre a procissão dos mortos-vivos, mais precisamente sobre a história sobre ela ter sido desmascarada, Ana Clara sente um arrepio. Léo percebe, é claro. Aproveitando que a dona da casa se levantou para ir até a cozinha, o garoto cochicha:

— O que foi, Ana?
— Eu não tenho garantia alguma de que eram mesmo, ou melhor, de que eram só os Metálicos que tinham criado essa história dos mortos-vivos.
— O que você tá querendo dizer com isso?
— Que pode ser que existam mortos-vivos de verdade.

Léo sente um arrepio.

— Um pouco tarde pra você falar isso.
— Tem razão.

Entrando na sala com uma travessa cheia de couve, Dona Bendita se interessa pelos cochichos!

— O que é que as duas bordadeiras estão fuxicando?
— Nada, não, Dona Bendita... eu estava dizendo pra minha prima que eu deveria ter experimentado o leitão antes. A senhora pode me servir mais um pedaço, por favor?

Dona Bendita atende ao pedido de Léo, passando para ele a travessa de leitão; só que ela faz isso fixando no garoto um olhar um tanto quanto desconfiado.

— ... tá aqui o leitão! Fuxiquento!
— Valeu... quer dizer, obrigado.

Léo teve mais resistência do que Ana Clara para experimentar o prato principal. Mas está repetindo as porções de leitão pela terceira vez.

— Vai ficar com dor de barriga, Léo.

— Se liga, Didi. Eu não pude tomar café direito hoje de manhã, sabe? Nós tivemos que sair às pressas da pousada, não foi, Ana?

— O Tuca não queria que ninguém visse ele... Pena ele não ter podido ficar pro almoço... o Tuca tinha que ir cuidar do gado.

Léo não concorda com Ana Clara. Na verdade, ele sentiu enorme alívio quando Tuca disse que não poderia ficar.

— Cada um sabe de si, Ana.

Dona Bendita pensa em algo e fica brava!

— Eu já falei pra Tuca parar com isso de cuidar de gado e ficar só me ajudando com as ervas.

Quando ouve Dona Bendita criticar Tuca com certo ar de aborrecimento, Ana Clara lembra-se das coisas que sentiu na mina de ouro abandonada... e um detalhe do que acaba de escutar chama a atenção da garota.

— A senhora... a senhora se enganou, Dona Bendita.

Dona Bendita começa a ficar brava.

— Me enganei como?

— A senhora disse *pra* Tuca e não *pro* Tuca.

Prevendo o que vem por aí, Tiago é mais rápido do que a avó...

— Vó....

— Não se mete, menino.

Olhando para Ana Clara com a maior naturalidade do mundo, Dona Bendita continua...

— ... vai me dizer que *ocê* não percebeu que Tuca é menina?

Léo sente um arrepio! Ana Clara percebe a reação do primo; e, quase sem querer, bate os olhos no pulso dele e vê que a fitinha amarela de Nosso Senhor do Bonfim não está mais amarrada lá. Preferindo ser discreta, Ana Clara responde à Dona Bendita...

– ... acho que eu tinha sentido... só não tinha entendido.

– Ela vive como menino pra poder trabalhar... Tuca ajuda a família dela, que é mais pobre do que mendigo de porta de igreja... ela acha que, se souberem que ela é menina, não vão dar trabalho na roça ou com o gado pra ela... e não vão mesmo... mas, agora que ela tá crescendo, já tem gente desconfiando, e essa história não deve mais ir muito longe. Eu falei pra...

O que interrompe Dona Bendita é um homem jovem, muito simples e que está quase destruindo o chapéu de palha que segura, de tanto nervoso.

– Socorro, Dona Bendita... Socorro...

– Chico! Que pressa é essa, homem?

O homem carrega bastante no sotaque de caipira.

– As meninas tão chegando... e a Bethânia não tá nada bem.

Dona Bendita sente um presságio; e, pelo visto, não gosta nada do que sentiu.

– *Creindeuspai*! Vamos logo... Tiago, vem comigo: são três meninas.

Dona Bendita se levanta da mesa, já orientando suas visitas...

– Fiquem à vontade...

Em seguida, ela sai da casa em companhia do homem que tinha acabado de chegar. Levantando-se também às pressas, Tiago tenta explicar o que está acontecendo.

– Nas horas vagas, que ela não tem, minha avó também é parteira, principalmente para as pessoas mais simples, dos sítios da região... esse homem já tem dez filhos e agora a mulher dele vai dar à luz mais três de uma vez... assim que der, eu volto.

Ana Clara fica confusa...

— Mas a Dona Bendita é médica?

... Didi fica surpresa...

— Não, quer dizer... ela sabe fazer partos... E eu que pensei que não existissem mais parteiras... o Brasil é mesmo de arrepiar!

... e Léo não consegue pensar em outra coisa, a não ser no beijo que recebeu de Tuca.

— Que horas será que o... quer dizer, que a Tuca vai voltar?

Ana Clara confere a fitinha verde de Nosso Senhor do Bonfim que continua amarrada em seu pulso esquerdo...

— Nos livramos dos Metálicos mais uma vez, Didi...

... Didi também confere a fitinha vermelha amarrada em seu pulso...

— Não sei por quanto tempo, Ana!

— Onde será que eles vão aparecer da próxima vez?

— Seja lá onde for, vão estar furiosos com a gente.

... e Léo não consegue pensar em outra coisa, a não ser no beijo que recebeu de Tuca.

SOBRE O AUTOR

Toni Brandão já vendeu mais de 1 milhão e meio de exemplares. Ele é um dos poucos autores multimídia do Brasil, com projetos de sucesso em literatura, teatro, cinema, internet e televisão. Seus projetos aliam qualidade, reflexão e entretenimento.

Suas obras discutem de maneira clara, bem-humorada e reflexiva temas próprios para os leitores pré-adolescentes e jovens.

Toni ganhou prêmios importantes, como o da APCA (Associação Paulista de Críticos de Arte), o Mambembe e o Coca-Cola. Entre seus livros mais vendidos estão: *Cuidado: garoto apaixonado, O garoto verde, Os Recicláveis!* e *Perdido na Amazônia*.

Alguns títulos de Toni já estão fazendo carreira internacional em Portugal e em países de língua espanhola.

Conheça o site de Toni Brandão: www.tonibrandao.com.br.

Este livro foi produzido em 2016 pelo IBEP.
A tipologia usada foi a Clearface
e o papel utilizado, offset 75 g.